诗行铸就丰碑　笔墨辉映征程

我们的诗篇

中国职工文化体育协会　编

中国工人出版社

序

劳动铸就辉煌，奋斗开创未来！

在奔涌不息的历史长河中，中华民族用勤劳智慧谱写着震撼寰宇的文明史诗！回望百年征程，中国共产党带领亿万劳动者在革命烈火中淬炼信念，在建设热潮中挥洒汗水，在改革大潮中勇立潮头，用双手托举起民族复兴的巍峨丰碑。

习近平总书记深情礼赞劳动，指出“劳动是一切幸福的源泉”。在中国共产党领导的百年工运史上，诗词和歌曲始终是凝聚劳动者磅礴力量、抒发劳动者心志情怀、展现劳动者人性光辉的富有特殊感染力的艺术形式。它们或如黄钟大吕激荡山河，或似清泉溪流润泽心田，生动镌刻着劳动者“敢教日月换新天”的豪迈气概，鲜活记录着“越是艰险越向前”的奋斗足迹，深情传唱着“江山就是人民”的时代强音。这些镌刻着时代印记的文化瑰宝，恰似一部流动的劳动者史诗，最生动地传达着时代的足声、人民的心声、历史的回声，见证着中国从积贫积弱到站起来、富起来、强起来的伟大跨越。

习近平总书记深刻指出，“没有先进文化的积极引领，没有人民精神世界的极大丰富，没有民族力量的不断增强，一个国家、一个民族不可能屹立于世界民族之林”，“建设文化强国，事关中国式现代化建设全局，事关中华民族复兴大业，事关提升国际竞争力”。在这百年历史发展的各个不平凡进程中，劳动群众和文艺工作者创造了璀璨丰富的文化成果，深切地映照出时代进步和历史演进，展现了中国工业化进程以及社会主义建设所取得的伟大成就，汇聚成大时代的“劳动者史诗”。编辑出版这样的作品正是我们履行新时代文化使命之必然。

值此中华全国总工会成立100周年之际，中国职工文化体育协会履行新时代文化使命，精心编纂出版了《我们的诗篇》《我们的歌声》。这是对百年工运历程的深情回望，是对新时代劳动精神的礼赞讴歌，更是为亿万劳动者献上的精神盛宴。这两部图书精选百余首跨越时空的经典之作，既有郭沫若、艾青等文学巨匠礼赞劳动的传世名篇，也有王进喜、时传祥等劳动模范抒怀言志的肺腑之作；既有《咱们工人有力量》等激扬奋进的时代金曲，也有《劳动创造幸福》等贴近生活的原创佳作，汇聚成激扬新时代劳动者奋进的号角。

在编纂过程中，我们始终坚持严选最具时代价值的代表作品，确保每一篇入选作品都经得起历史检验；始终坚持深挖作品背后积极向上的精神内涵和饱满有力的社会情怀；始终坚持充分展现劳动者的感人事迹和光辉形象。我们相信，这套集思想性、艺术性、史料性于一体，国内首次聚焦劳动者的权威诗篇、歌曲力作，将成为践行社会主义核心价值观，弘扬劳模精神、劳动精神、工匠精神的生动教材，为以中国式现代化全面推进强国建设、民族复兴凝聚起磅礴的精神力量。

站在新的历史起点眺望，数智经济浪潮奔涌，科技发展日新月异。但我们始终坚信：无论时代如何变迁，劳动永远是创造价值的源泉，劳动者永远是时代的主人翁！让我们以书为媒，继续深入关注并参与到这雄伟诗篇与美丽乐章的创造之中，携手并肩共同续写新时代的劳动者之歌：让开拓的诗篇永远激荡，让奋进的歌声永远嘹亮！

是为序。

中国职工文化体育协会会长　李守镇
2025 年 4 月

目　录

1　铁　匠……………………………………………………… 刘半农　001

2　天下工农是一家…………………………………………… 王尽美　004

3　上海的清晨………………………………………………… 郭沫若　005

4　“五一”纪念歌 …………………………………………… 陈潭秋　007

5　工厂歌（歌谣）…………………………………………… 佚　名　009

6　新大鼓……………………………………………………… 刘　华　011

7　敢把皇帝拉下马（歌谣）………………………………… 佚　名　014

8　红　烛……………………………………………………… 闻一多　016

9　血　字……………………………………………………… 殷　夫　019

10　罪恶的黑手………………………………………………… 臧克家　022

11　一天等于二十年…………………………………………… 康永和　031

12　生活是多么广阔…………………………………………… 何其芳　033

13　纤　夫……………………………………………………… 阿　垅　035

14 时间开始了（节选）（第一乐章　欢乐颂）……………胡　风　043
15 换了主人翁——题劳动人民文化宫……………… 赵树理　061
16 抗美援朝中的工人（组诗）…………………… 佚　名　063
17 我站在祁连山顶……………………………… 李　季　066
18 中国的道路呼唤着汽车……………………… 邵燕祥　068
19 告别林场——给共产主义的伐木者………… 傅　仇　071
20 每当我印好一幅新地图的时候……………… 李学鳌　074
21 向困难进军——再致青年公民……………… 郭小川　078
22 夜莺飞去了…………………………………… 闻　捷　087
23 运输线………………………………………… 唐　祈　089
24 访“毛泽东号”机车………………………… 郭沫若　091
25 刘家峡之歌…………………………………… 冯　至　100
26 回延安………………………………………… 贺敬之　102
27 三门峡——梳妆台…………………………… 贺敬之　107
28 鞍钢诗二首…………………………………………… 111
题鞍钢………………………………………… 吴玉章　111
西江月·鞍山钢铁公司留念………………… 谢觉哉　113
29 春在车间……………………………………… 于德成　115
30 工业子弟兵…………………………………… 孙友田　117
31 我们沸腾的工厂……………………………… 李清联　119
32 川江号子……………………………………… 蔡其矫　122

33　机车大夫（节选）……………………………… 王恩宇　124

34　铁人的诗（组诗）……………………………… 王进喜　127

35　年轻的城………………………………………… 艾　青　129

36　垦荒者之歌……………………………………… 艾　青　132

37　追踪着老孟泰的脚步…………………………… 郭小川　135

38　林区三唱·祝酒歌……………………………… 郭小川　142

39　刻在北大荒的土地上…………………………… 郭小川　147

40　西去列车的窗口………………………………… 贺敬之　152

41　山与水的神话——诗记红旗渠（节选）……… 艾　敏　158

42　太空响彻《东方红》——写在中国第一颗人造
　　地球卫星升空之时……………………………… 张　飙　162

43　自画像…………………………………………… 吉狄马加　167

44　第五十七个黎明………………………………… 赵　恺　171

45　给青岛造船厂…………………………………… 李小雨　177

46　巡线工…………………………………………… 崔完生　180

47　赞美劳动………………………………………… 于　坚　182

48　永遇乐·金山…………………………………… 陈景河　184

49　码头上的风景…………………………………… 庞　培　186

50　修筑河堤的工人………………………………… 陈亚平　188

51　工厂的声音……………………………………… 张笃德　190

52　地心的蛙鸣……………………………………… 老　井　193

53　为劳动的汗水歌唱…………………………………… 阿古拉泰　195
54　咏　煤…………………………………………………… 高洪波　198
55　生如胡杨……………………………………………… 阿　紫　202
56　青藏铁路建设纪行…………………………………… 牛庆国　205
57　领潮（组诗）………………………………………… 鲁冠球　208
58　梦中的矿山…………………………………………… 郭明义　210
59　咱们农民工…………………………………………… 巨晓林　212
60　宝山钢铁……………………………………………… 陈　仓　214
61　矿山脊梁（节选）…………………………………… 李保林　217
62　永恒的记忆…………………………………………… 叶小平　220
63　中国梦·劳动美……………………………………… 朱　海　225
64　铁塔上的祖国………………………………………… 蒲素平　229
65　采场上，制作一个踏板　…………………………… 温　馨　232
66　中国制造的高纯晶硅………………………………… 龙小龙　234
67　马当的海……………………………………………… 齐冬平　236
68　塞罕坝上播绿人……………………………………… 王德光　239
69　赵各庄矿……………………………………………… 东　篱　242
70　在一块芯片上触摸祖国……………………………… 梁尔源　244
71　平凡中见伟大的劳动者……………………………… 马　飚　247
72　午夜时分的炼钢厂………………………………… 巴音博罗　251
73　手臂——赞港珠澳大桥……………………………… 李木马　253

74 最高的家园——致敬中国航天站…………………… 宁　明 256
75 三峡大坝 · 脊梁…………………………………… 李训喜 259
76 电……………………………………………………… 汪　峰 261
77 大国工匠……………………………………………… 杨　克 263
78 金牌工人许振超……………………………………… 纪　宇 266
79 焊接太空的人
——致航天焊接特级技师高凤林………………… 凸　凹 273
80 零碳世界（组诗）…………………………………… 雷学军 275
81 借风的年轻人………………………………………… 漆宇勤 277
82 勘探路上……………………………………………… 张玉忠 279
83 雪山之下……………………………………………… 李长瑜 281
84 冶铁者………………………………………………… 薄　暮 283
85 分拣女工……………………………………………… 王二冬 285
86 低处飞行……………………………………………… 王计兵 287
87 筑路工人一路向前…………………………………… 桑　子 289
88 梦中的炊烟…………………………………………… 张榜奎 292
89 北方的风雪…………………………………………… 盛学荣 296
90 执火者………………………………………………… 扎西才让 299
91 身　影…………………………………… 狄力木拉提 · 泰来提 301
92 香江潮声（组诗）…………………………………… 305
劳动者礼赞……………………………………… 孙重贵 305

咏题彭士禄院士…………………………………… 唐大进 308
你的风采——致劳模………………………………… 朱吴妮娜 310
香江晨曦…………………………………………… 梁秉钧 313
劳动者的赞歌……………………………………… 黄维梁 314
93 濠江韵致（组诗）………………………………………… 316
劳动简史——寄澳门工联…………………………… 甘远来 316
赞颂顾诵芬院士…………………………………… 李烈声 319
沁园春·澳门劳工颂………………………………… 郑　靖 321
94 宝岛风华（组诗）………………………………………… 323
秋　收……………………………………………… 痖　弦 323
田　间……………………………………………… 郑炯明 324
老农卖笋…………………………………………… 詹　澈 325
95 中国高铁（组诗）………………………………………… 327
高铁之美…………………………………………… 田　湘 327
赞中国高铁………………………………………… 张地君 329
钢铁巨龙驰过……………………………………… 王勇平 330
96 民航风采（组诗）………………………………………… 336
三万英尺之上的笑容……………………………… 毛　竹 336
机坪上的梦………………………………………… 王胜利 338
我们和祖国一起走过……………………………… 赵清好 341
97 金融经纬（组诗）………………………………………… 345

金融科技魔方…………………………… 罗鹿鸣 345
指尖上的芭蕾…………………………… 解志忠 348
致敬金融劳模…………………………… 王新荣 350
98 老骥伏枥…………………………… 王玉明 353
99 高温气冷堆示范电站并网发电…………………… 王革华 355
100 新时代海港劳动者…………………………… 刘文卿 357
101 海员之歌…………………………… 代 颖 359
102 白鹤逐梦…………………………… 吕宏成 361
103 中国核电…………………………… 赵宏娟 363
104 光明守护者…………………………… 雷思谋 366
105 哈浅 22 石油井 …………………………… 马 行 369
106 民营企业的感恩…………………………… 姜桂廷 371
107 万吨压机上梁之日…………………………… 严建文 375
108 汽车工业的荣光（组诗）…………………… 姜维青 377
109 因为有你…………………………… 方建国 382
110 使命苍穹（组诗）…………………………… 386
使 命…………………………… 蒋 珊 386
天空有着守门人…………………………… 盛亦佳 389
111 绽放在星河间的玫瑰…………………………… 薛红琳 392
112 格力征途…………………………… 谢 君 395
113 新时代的仓廪…………………………… 杨 东 398

114　光明与温暖的传递者……………赵　宁　李小凤　刘仁莉　401
115　守望绿色（组诗）………………………………………　406
　　护林员，大山的守望者　……………………于　彤　406
　　我站着，以一棵树的姿态守望绿色——致敬
　　　大山深处默默无闻的护林员们　……………曹　钢　409
116　他们在高空上写诗……………………………姚　瑶　412
117　聆听奋斗足音　……………刘　婧、严　锐、彭　婧、冯宏超　414
118　工运百年，再出发　…………………………康华平　418
后　记………………………………………………………　421

1

铁　匠

刘半农

1

叮当！叮当！
清脆的打铁声，
激动夜间沉默的空气。
小门里时时闪出红光，
愈显得外间黑漆漆的。

2

我从门前经过，
看见门里的铁匠。
叮当！叮当！
他锤子一下一上。
砧上的铁，
闪着血也似的光，

照见他额上淋淋的汗，
和他裸着的，宽阔的胸膛。

3

我走得远了，
还隐隐地听见
叮当！叮当！
朋友！
你该留心着这声音，
他永远的在沉沉的自然界中激荡！
他若回头过去，
还可以看见几点火花，
飞射在漆黑的地上。

作者简介

刘半农（1891—1934），原名刘复，字半农，江苏江阴人，文学家、语言学家、教育家，中国新文化运动的先驱，中国实验语音学的奠基人之一。刘半农的主要文学成就在白话新诗的创作上，其诗集《扬鞭集》和《瓦釜集》奠定了他在中国新诗史上的地位。他的诗歌多描写劳动人民的生活和疾苦，语言通俗，体现了深刻的人道主义精神。

作品简介

《铁匠》创作于1919年9月，正值五四运动时期。当时，新文化运动倡导“劳工神圣”，关注底层劳动者。在这一背景下，刘半农通过描绘铁匠夜间打铁的场景，塑造了一个坚韧、充满力量的劳动者形象。诗中的打铁声和火花象征着劳动的力量与希望，反映了诗人对劳动人民的尊重以及对时代变革的期待。这首诗不仅是对劳动者的赞歌，也体现了五四时期知识分子对劳动人民命运的深刻同情和对社会变革的强烈渴望。

天下工农是一家

王尽美

2

天下工农是一家
不分你我不分他
不分欧美非亚、英美日法俄德和中华
全世界工农联合起来吧
世界太平
弱小民族开放自由幸福花

作者简介

王尽美（1898—1925），原名王瑞俊，山东诸城人，中国共产党创始人之一，山东党组织的早期组织者和领导者。他出身贫苦佃农家庭，自幼聪颖好学，1918年考入山东省立第一师范学校。五四运动中，他积极投身反帝爱国斗争，结识李大钊，思想转向共产主义。1921年，王尽美出席中共一大，后任中共山东区支部书记。他深入工人群众，领导工人运动，推动山东党组织发展。因长期奔波劳累，他积劳成疾，1925年病逝于青岛，年仅27岁。

作品简介

这首诗是王尽美1921年在济南大槐树机车厂宣传革命思想时创作的。

上海的清晨

郭沫若

3

上海市上的清晨，
还不曾被窒息的 gasoline 毒尽。
我赤着脚，蓬着头，叉着我的两手，
在马路旁的树荫下傲慢地进行，
赴工的男女工人们分外和我相亲。

兄弟们哟，我们路是定了！
坐汽车的富儿们在中道驱驰，
伸手求食的乞儿们在路旁徙倚。
我们把伸着的手互相紧握吧！
我们的赤脚可以登山，可以下田，
自然的道路可以任随我们走遍！
富儿们的汽车只能在马路上面盘旋。

马道上，面的不是水门汀，
面的是劳苦人的血汗与生命！

血惨惨的生命呀，血惨惨的生命
在富儿们的汽车轮下……滚，滚，滚，……
兄弟们哟，我相信：就在这静安寺路的街道中央，
终会有剧烈的火山爆喷！

作者简介

郭沫若（1892—1978），四川乐山人，现代文学家、历史学家、新诗奠基人之一。1921 年发表第一本新诗集《女神》，“创造社”创立人之一，是新文化运动的重要旗手。中华人民共和国成立后，历任中国科学院院长、中国文联主席等职。

作品简介

《上海的清晨》创作于 1923 年 4 月，诗中描绘了上海清晨的景象，表现了工人阶级的苦难和对富人的愤懑，反映了当时社会的阶级矛盾，是对当时殖民地化上海劳动人民生活现实的深切披露，表达了对工人阶级的同情和支持，呼吁他们团结起来，争取自身权益。

“五一”纪念歌

陈潭秋

4 “五一”节，真壮烈，
世界工人大团结！
发起芝加哥，
响应遍各国。
西欧东亚与美洲，
年年溅满劳工血！
不达成功誓不休，
望大家，齐努力，
切莫辜负“五一”节！

作者简介

陈潭秋（1896—1943），湖北黄冈人，中共一大代表，中国共产党创始人之一。他出身书香门第，早年积极投身五四运动，1920年参与创建武汉共产主义小组。陈潭秋长期从事工人运动，曾领导安源路矿工人运动，创办工人学校，传播革命思想。他一生致力于革命事业，1943年在新疆被反动军阀杀害。

作品简介

《“五一”纪念歌》创作于1924年五一国际劳动节前夕，当时陈潭秋受中共党组织派遣到安源开展工人运动。他倡议在五一国际劳动节组织工人游行，并创作了这首歌曲，表达了对国际工人运动的支持，激励中国工人团结奋斗，争取自身权益。

5

工厂歌（歌谣）

佚　名

往工厂，做劳工，
生活情形牛马同！
厂主腰包满，
工人永远穷。

在工厂，苦谁知？
精疲力尽硬撑持；
可怜我工人，
穷苦直到死。

出工厂，喜洋洋，
今晚安闲明又忙；
明又忙，明又忙，
工人欲享福，
除了团结别无方。

作品简介

这首歌谣诞生于中国工人运动兴起的时期，特别是在20世纪20年代，中国工人阶级开始组织起来，争取自己的权益。

这首歌谣反映了当时工人阶级的苦难生活和对改善生活条件的渴望。歌谣中的“厂主腰包满，工人永远穷”等词句，生动地描绘了工人阶级在资本家剥削下的悲惨生活，以及工人的艰辛和无奈。但同时，歌谣也表达了工人阶级的团结和反抗精神，如“工人欲享福，除了团结别无方”，呼吁工人团结起来，共同对抗资本家的剥削，争取更好的生活条件。

新　大　鼓

刘　华

6

工友们，你静听，
唱一个大鼓安你心。
我工人，团结牢，
什么好处都得到。
从前时，没组织，
做牛做马受尽气。
生活紧，工钱小，
一家数口吃不饱。
最伤心，停生意，
簿子充公没人理。
现今时，有工会，
大家团结保地位。
派代表，去要求，
想得好处真自由。
资本家，多狡猾，
花费小钱他不怕。
办小学，设诊所，

处处表示来调和。
待妊妇，定条例，
优待我们求妥协。
不但是，以利动，
并且暗中才好笑：
一笑我们不明理，
情愿自己害自己；
二笑我们贪小财，
不顾后路图眼前。
这奸计，要明亮，
免得后来上他当。
任便你，千百计，
我们还是顾团体。
这样来，他没法，
我们工会要弄大。
一要他，造会所，
一个罢工就会妥；
二要他，倒威风，
一个怠工也成功。
这些事，靠团结，
别样方法求不得。
工友们，快努力，
免得吃亏后悔迟。

作者简介

刘华（1899—1925），出生于四川宜宾的一个佃农家庭，他自幼体健机敏，耿直好学，尤其热爱劳动。他是中国共产党早期工人运动的杰出领导者之一，积极参与和领导了五卅运动等重要工人运动，并热心筹办平民教育，曾任上海大学平民夜校执行委员和教员。1925 年 12 月 17 日，刘华被军阀孙传芳秘密杀害，年仅 26 岁。

作品简介

《新大鼓》创作于 20 世纪 20 年代初，这一时期工人运动风起云涌。当时，工人阶级开始组织起来，通过工会等形式争取自身权益。刘华在这一时期深入工厂，发动群众，领导组织罢工，与工人同甘共苦，展现了工人阶级的觉醒、团结和力量。这首诗歌也反映了工人阶级在资本家剥削下所遭受的苦难，以及通过团结一致争取权益的坚定信念。而歌谣中的“工友们，你静听，唱一个大鼓安你心”等词句，则展现了工人阶级的团结和力量，以及对抗资本家剥削的决心。

敢把皇帝拉下马（歌谣）

佚　名

7

天不怕，地不怕，
哪管在铁链子下面淌血花。
拼着一个死，
敢把皇帝拉下马。

杀人不过头落地，
砍掉脑袋只有碗大个疤。
老虎凳，绞刑架，
我们咬紧钢牙。

阴沟里石头要翻身，
革命的种子发了芽。
折下骨，当武器，
不胜利，不放下。

作品简介

这首歌谣是1927年上海工人第三次武装起义期间工人们的集体创作，反映了当时工人阶级的觉醒、团结和力量，以及对抗资本家和军阀压迫的决心。

上海工人第三次武装起义是大革命时期中国工人运动的一次壮举，是由周恩来担任总指挥，带领上海工人发动的起义，经过30个小时的浴血奋战，最终取得了胜利，显示了中国工人阶级的顽强战斗精神和强大的组织力量。歌谣主题“敢把皇帝拉下马”表达了工人阶级不惧牺牲、反抗压迫的决心和勇气，体现了当时工人阶级的革命精神和对旧秩序无畏挑战的气概。

红　　烛

闻一多

8

“蜡炬成灰泪始干”——李商隐
红烛啊！
这样红的烛！
诗人啊！
吐出你的心来比比，
可是一般颜色？
红烛啊！
是谁制的蜡——给你躯体？
是谁点的火——点着灵魂？
为何更须烧蜡成灰，
然后才放光出？
一误再误；
矛盾！冲突！
红烛啊！
不误，不误！
原是要“烧”出你的光来——
这正是自然的方法。

红烛啊！
既制了，便烧着！
烧罢！烧罢！
烧破世人的梦，
烧沸世人的血——
也救出他们的灵魂，
也捣破他们的监狱！
红烛啊！
你心火发光之期，
正是泪流开始之日。
红烛啊！
匠人造了你，
原是为烧的。
既已烧着，
又何苦伤心流泪？
哦！我知道了！
是残风来侵你的光芒，
你烧得不稳时，
才着急得流泪！
红烛啊！
流罢！你怎能不流呢？
请将你的脂膏，
不息地流向人间，
培出慰藉的花儿，

结成快乐的果子！
红烛啊！
你流一滴泪，灰一分心。
灰心流泪你的果，
创造光明你的因。
红烛啊！
“莫问收获，但问耕耘。”

作者简介

闻一多（1899—1946），本名闻家骅，字友三，湖北浠水人，中国现代著名的诗人、学者和民主战士。1946年7月15日，在昆明被国民党特务暗杀，年仅47岁。闻一多的诗歌感情激烈，形式精美，内容上抒写了强烈的爱国主义情感。

作品简介

《红烛》创作于1923年，当时闻一多在美国留学，即将出版自己的第一部同名诗集《红烛》。这首诗作为该诗集的开卷序诗，反映了诗人对艺术与理想的执着追求。闻一多一方面受唯美主义影响，追求艺术的纯粹与完美，另一方面又将对祖国的思念与对社会黑暗的批判交织在一起，希望通过诗歌唤醒民众，打破旧世界的枷锁。诗中的红烛象征着诗人赤诚的心与献身精神，表达了“莫问收获，但问耕耘”的信念。

血　字

殷　夫

9

血液写成的大字，
斜斜地躺在南京路，
这个难忘的日子——
润饰着一年一度……

血液写成的大字，
刻划着千万声的高呼，
这个难忘的日子——
几万个心灵暴怒……

血液写成的大字，
记录着冲突的经过，
这个难忘的日子——
狞笑着几多叛徒……

“五卅”哟！
立起来，在南京路走！

把你血的光芒射到天的尽头，
把你刚强的姿态投映到黄浦江口，
把你的洪钟般的预言震动宇宙！

今日他们的天堂，
他日他们的地狱，
今日我们的血液写成字，
异日他们的泪水可入浴。

我是一个叛乱的开始，
我也是历史的长子，
我是海燕，
我是时代的尖刺。

“五”要成为报复的枷子，
“卅”要成为囚禁仇敌的铁栅，
“五”要分成镰刀和铁锤，
“卅”要成为断铐和炮弹！

四年的血液润饰够了
两个血字不该再放光辉，
千万的心音够坚决了，
这个日子应该即刻消毁！

作者简介

殷夫（1909—1931），原名徐莽白，浙江象山人。中国共产党党员，著名的中国无产阶级左翼作家和优秀诗人，左联五烈士之一。1930年参加中国左翼作家联盟，并任团中央刊物《列宁青年》的编辑。殷夫是继郭沫若、蒋光慈之后，中国现代文学史上又一位重要的革命诗人，被誉为“历史的长子”“时代的尖刺”。

作品简介

《血字》收录于1929年殷夫的诗集《孩儿塔》。它写于1929年4月五卅运动四周年前夕，是诗人为纪念五卅运动而作。1925年5月30日，诗人正值十五岁的年纪，刚进入上海民立中学就学，诗人以学生的身份，经历参加并积极声援了五卅运动的斗争。这一事件引发了全国范围的反帝运动，成为大革命高潮的起点。殷夫在诗中以“血液写成的大字”为意象，表达了对帝国主义的强烈控诉和对革命的坚定信念，号召人民继续斗争，将五卅精神发扬光大。

10

罪恶的黑手

臧克家

一

在这都市的道旁，
划出一块大的空场，
在这空场的中心，
正在建一座大的教堂。

交横的木架比蛛网还密，
象用骷髅架起的天梯，
一万只手，几千颗心灵，
从白到黑在上面搏动。

这称得起是压倒全市的一件神工，
无妨用想象先给它绘个图形：
四面高墙隔绝了人间的罪恶，
里边的空气是一片静默，
一根草，一株树，甚至树上的鸟，

只是生在圣地里也觉到骄傲。

大门顶上横一面伟大的十字架，
街上过路的人都走在它底下，
耶稣的圣像高高在千尺之上，
看来是这样的伟大，慈祥！

他立在上帝与人世中间，
用无声的话传达主的教言：
“奴隶们，什么都应该忍受，
饿死了也要低着头，
谁给你的左腮贴上耳光，
顶好连右腮也给送上，
忍辱原是至高的美德，
连心上也不许存一丝反抗！
人间的是非肉眼那能看清？
死过之后主自有公平的判定。”

早晨的太阳先掠过这圣像，
从贵人的高楼再落到穷汉的屋上，
黄昏后，这四周阴森得叫人害怕，
神堂的影子象个魔鬼倒在地下。
早晨的钟声象个神咒，
（这钟声不同别处的钟声。）

牵来了一群杂色人等，
牧师们庄重地走在前面，
黑色的头巾佩着长衫，
微风吹着头巾飘荡，
仿佛罪恶在光天之下飞扬。

后面逐着些漂亮男子，
肥白的脸皮上挂着油丝，
脚步轻趋着，低声交语，
用心做了一脸肃穆。
还有一队女人缀在后边，
脂粉的香气散满了庭院，
一个用长臂挽着别个，
象一个花圈套一个花圈。

阳光象是主的爱，照着这群人，
也照着他们脚下的石阶，
钟声一阵暴雨的急响，
送他们进了神圣的教堂。

中间有的是刚放下了屠刀，
手上还留着血的腥臭，
有的是因为失掉了爱情，
来到这儿求些安宁，

有的在现世享福还嫌不够，
为来世的荣华到此苦修；
有的是宇宙伤了他多情的心，
来对着耶稣慰借心神；
有的用过来眼看破了人生，
来求心上刹那的真诚；
有的不是来为了求恕，
不过为追逐一个少女。
虽是这些心的颜色全然异样，
然而他们统统跪下了，朝着上方。

牧士登在台上象威权临着这群众，
用灵巧的嘴，
用灵巧的手势，
讲求教义象讲着真理。
他叫人好好管束自己，
不要叫心做了叛逆，
他怕这空说没有力量，
又引了成套惩劝的旧例。

每次饭碗还没触着口，
感谢的歌声先颤在咽喉，
晚上每在上床之前，
先用祈祷来做个检点，

这功课在各人心上刻了板，
他们做来却无限新鲜。

二

然而这一切，一切未来的繁华，
与脸前这一群工人无干，
他们在一条辛苦的铁鞭下，
只忙着去赶契约上的期间。

有的在几千尺之上投下只黑影，
冒着可怕的一低头的晕眩。
石灰的白雾迷了人形，
泥巴给人涂一身黑点。
铁锤下的火花象彗星向人扫射，
风挟着木屑直往鼻眼里钻。

这里终天奏着狂暴的音乐。
人声的叫喊，轧轧的起重机，
你听，这是多么高亢的歌！
大锯在木桩上奏着提琴，
节奏的铁砧扣着拍子；
这群工人在这极度的狂乐里，
活动着，手应着心，也极度的兴奋。

有的把巧思运入一方石条的花纹，
有的持一块木片仔细地端详，
有的把手底的砖块飞上半空，
有的用罪恶的黑手捏成耶稣慈悲的模样！

这群人从早晨背起太阳，
一天的汗雨泄尽了力量；
平地上，一万幕灯火闪着黄昏，
灯光下喘息着累倒了的心。

他们用土语放浪的调笑，
杂一些低级的诙谐来解疲劳，
各人口中抽一缕长烟，
烟丝中杂着深味的乡谈。
那是家乡场园上用来消度夏夜的，
永不嫌俗，一遍两遍，不怕一万遍；
于今在都市中他们也谈起来了，
谈起也想起了各人的家园。
他们一点也不明白为什么要盖这教堂，
却惊叹外洋人真是有钱，
同时也觉得说不出的感激，
有了这建筑他们才有了饭碗。
（虽然不象是为了吃饭才工作，

倒是象为了工作才吃饭。)

这大建筑把这大众从天边拉在一起，
陌生的全变成亲热的兄弟。
白天忙碌紧据在各人的心中，
没有闲暇去做思乡的梦；
黑夜的沉睡如同快活的死，
早晨醒来个奴隶的身子。
是什么造化，谁作的主，
生下他们来为了吃苦?
太阳的烤炙，风雨的浸淋，
铁色的身上生起片片黑云；
机器的凶狞，铁石的压轧，
谁的躯体是金钢铸成?
家室的累赘，病魔的侵袭，
苦涩中模糊了无色的四季，
一阵头晕，或一点不小心，
坠下半空成一滩肉泥，
这真算不了什么稀奇，
生死文书上勾去个名字；
然而他们什么都不抱怨，
只希望这工程的日期延长到无限。

三

不过天下的事谁敢保定准？
今日的叛逆也许是昨日的忠心，
谁料定大海上那刹起风暴？
万年的古井也说不定会涌起波涛！
等这群罪人饿瞎了眼睛，
认不出上帝也认不清“真理”，
狂烈的叫嚣如同沸水，
象地狱里奔出来一群魔鬼，
用蛮横的手撕碎了万年的积卷，
来一个无理性的反叛！
那时，这教堂会变成他们的食堂或是卧室，
他们创造它终于为了自己。
那时这儿也有歌声，
不是神秘，不是耶稣的赞颂，
那是一种狂暴的嘻嚷，
太阳落到了罪人的头上。

作者简介

臧克家（1905—2004），曾用名臧瑗望，字克家，笔名少全、何嘉，山东诸城人，中国现代著名诗人、文学评论家。1930 年入读国立青岛大学，受闻一多等人影响，开始诗歌创作。他的诗作以现实主义为主，关注底层人民的苦难，作品风格沉郁、深沉。代表作有《烙印》《罪恶的黑手》等，被誉为“农民诗人”。中华人民共和国成立后，他继续从事文学创作和编辑工作，曾任《诗刊》主编等职，为中国现代诗歌发展作出了重要贡献。

作品简介

《罪恶的黑手》创作于 1933 年，当时中国正处于国民党统治下的黑暗时期，社会矛盾尖锐，帝国主义的压迫和宗教侵略并存。臧克家目睹工人阶级在帝国主义的压迫下，为建造教堂而日夜劳作，生活困苦却毫无反抗意识。诗人通过这首诗，深刻揭露了帝国主义利用宗教进行文化侵略的罪恶行径，同时也表达了对工人阶级的同情和觉醒的期待。这首诗是臧克家早期现实主义创作的代表作之一，展现了他对社会底层人民的深切关怀和对黑暗现实的强烈批判。

一天等于二十年

康永和

11

“二七”恐怖延十载。
百姓涂炭似火煎。
东征星火播大地，
点燃工运红山川。
新军建团五十个，
国共联合三晋先。
抗日高潮来到日，
一天等于二十年。

作者简介

康永和（1915—2013），山西交城人，中国工人运动的杰出领导者之一。抗日战争全面爆发后，他投身工人运动，组织工人武装自卫队，任山西省总工会主席。中华人民共和国成立后，历任全国总工会副主席、国家劳动总局局长等职。

作品简介

七七事变后，面对日寇的侵略，中国共产党积极推动抗日民族统一战线的建立，号召全国人民团结起来共同抗日。在这一背景下，中共山西省委提出了“武装山西工人，保卫山西”的号召，山西省总工会积极响应，组织工人自卫武装，仅仅40天后，即在1937年9月27日山西工人武装自卫队（简称工卫队）正式成立，这一天后来被定为工卫旅诞生纪念日。诗中“一天等于二十年”既表达了在抗日救亡的危急形势下，时间的紧迫性和斗争的激烈程度，也是对于我党在这种严峻情况下在山西迅速恢复工会运动，以“一日千里”的进度组建抗日武装的感慨。贺龙曾评价：“苏联有个工人师，中国有个工卫旅。这是你们的光荣，也是中国工人阶级的光荣。”

生活是多么广阔

何其芳

12

生活是多么广阔
生活是海洋。
凡是有生活的地方就有快乐和宝藏。

去参加歌咏队，去演戏，
去建设铁路，去做飞行师，
去坐在实验室里，去写诗，
去高山上，去滑雪，去驾一只船颠簸在波涛上，
去北极探险，去热带搜集植物，
去带一个帐篷在星光下露宿。
去过极寻常的日子，
去在平凡的事物中睁大你的眼睛，
去以自己的火点燃旁人的火，
去以心发现心。

生活是多么广阔，

生活又是多么芬芳。
凡是有生活的地方就有快乐和宝藏。

作者简介

何其芳（1912—1977），原名何永芳，四川万县（今重庆万州）人，中国著名诗人、散文家、文艺评论家。1931 年就读于北京大学哲学系。1938 年到延安鲁迅艺术学院任教，不久加入中国共产党。中华人民共和国成立后，历任中国科学院文学研究所所长、《文学评论》主编等职。他的作品风格多样，既有早期的唯美抒情，也有后期的革命激情，著有《汉园集》《画梦录》《夜歌和白天的歌》等。

作品简介

《生活是多么广阔》创作于 1940 年，尽管当时延安物资匮乏、生活艰苦，但军民们仍始终以昂扬乐观的精神面貌投入火热的工作和生活中。诗人深受这种精神感染，创作了这首诗，通过丰富的想象和排比手法，描绘了从日常生活到冒险探索的多样场景，展现了对生活的热爱和对未来的憧憬。这首诗不仅是对延安精神的赞美，也是革命乐观主义的生动体现。

纤　　夫

阿　垅

13

嘉陵江
风，顽固地逆吹着
江水，狂荡地逆流着，
而那大木船
衰弱而又懒惰
沉湎而又笨重，
而那纤夫们
正面着逆吹的风
正面着逆流的江水
在三百尺远的一条纤绳之前
又大大地——跨出了一寸的脚步！……

风，是一个绝望于街头的老人
伸出枯僵成生铁的老手随便拉住行人（不让再走了）
要你听完那永不会完的破落的独白，
江水，是一支生吃活人的卐字旗麾下的钢甲
军队

集中攻袭一个据点
要给它尽兴的毁灭
而不让它有一步的移动！
但是纤夫们既逆着那
逆吹的风
更逆着那逆流的江水。

大木船
活够了两百岁了的样子，活够了的样子
污黑而又猥琐的
灰黑的木头处处蛀蚀着
木板坼裂成黑而又黑的巨缝
（里面像有阴谋和臭虫在做窠的）
用石灰、竹丝、桐油捣制的膏深深地填嵌起来
（填嵌不好的），
在风和江水里
像那生根在江岸的大黄桷树，
动也——真懒得动呢
自己不动影子也不动
（映着这影子的水波也几乎不流动起来）
这个走天下的老江湖
快要在这宽阔的江面上躺下来睡觉了
（毫不在乎呢），
中国的船啊！

古老而又破漏的船啊！
而船舱里有
五百担米和谷
五百担粮食和种子
五百担，人的生活的资料
和大地的第二次的春的胚胎，酵母，
纤夫们的这长长的纤绳
和那更长更长的
道路，不过为的这个！

一绳之微
紧张地拽引着
作为人和那五百担粮食和种子之间的力的有
机联系，
紧张地——拽引着
前进啊；
一绳之微
用正确而坚强的脚步
给大木船以应有的方向
（像走回家的路一样有一个确信而又满意的方向）：
向那炊烟直立的人类聚居的繁殖之处
是有那么一个方向的
向那和天相接的迷茫一线的远方
是有那么一个方向的

向那
一轮赤赤地炽火飞爆的清晨的太阳！
是有那么一个方向的。
偻伛着腰
匍匐着屁股
坚持而又强进！
四十五度倾斜的铜赤的身体
和鹅卵石滩所成的角度
动力和阻力之间的角度，
互相平行地向前的
天空和地面，和天空和地面之间的人的昂奋的脊椎骨
昂奋的方向
向历史走的深远的方向，
动力一定要胜利
而阻力一定要消灭！
这动力是
创造的劳动力
和那一团风暴的大意志力。
脚步是艰辛的啊
有角的石子往往猛锐地楔入厚茧皮的脚底
多纹的沙滩是松陷的，走不到末梢的
鹅卵石的堆积总是不稳固地滑动着（滑头滑脑地滑动着），

大大的岸岩权威地当路耸立（上面的小树和
草是它的一脸威严的大胡子）
——禁止通行！
走完一条路又是一条路
越过一个村落又是一个村落，
而到了水急滩险之处
哗噪的水浪强迫地夺住大木船
人半腰浸入洪怒的水沫飞旋的江水
去小山一样扛抬着
去鲸鱼一样拖拉着
用了
那最大的力和那最后的力
动也不动——几个纤夫徒然振奋地大张着两
臂（像斜插在地上的十字架了）
他们决不绝望而用背退着向前硬走，
而风又是这样逆向的
而江水又是这样逆向的啊！
而纤夫们，他们自己
骨头到处咯咯发响像会片片迸碎的他们自己
小腿胀重像木柱无法挪动
自己的辛劳和体重
和自己的偶然的一放手的松懈
那无聊的从愤怒来的绝望和可耻的从畏惧来
的冷淡

居然——也成为最严重的一个问题
但是他们——那人和群
那人的意志力
那坚凝而浑然一体的群
那群的坚凝成钢铁的集中力
——于是大木船又行动于绿波如笑的江面了。

一条纤绳
整齐了脚步（像一队向召集令集合去的老兵），
脚步是严肃的（严肃得有沙滩上的晨霜的那种调子）
脚步是坚定的（坚定得几乎失去了人性的样子）
脚步是沉默的（一个一个都沉默得像铁铸的男子）
一条纤绳维系了一切
大木船和纤夫们
粮食和种子和纤夫们
力和方向和纤夫们
纤夫们自己——一个人，和一个集团，
一条纤绳组织了
脚步
组织了力
组织了群
组织了方向和道路，
就是这一条细细的、长长的似乎很单薄的苎
麻的纤绳。

前进——
强进！
这前进的路
同志们！
并不是一里一里的
也不是一步一步的
而只是——一寸一寸那么的，
一寸一寸的一百里
一寸一寸的一千里啊！
一只乌龟的竞走的一寸
一只蜗牛的最高速度的一寸啊！
而且一寸有一寸的障碍的
或者一块以不成形状为形状的岩石
或者一块小讽刺一样的自己已经破碎的石子
或者一枚从三百年的古墓中偶然给兔子掘出
的锈烂钉子，……
但是一寸的强进终于是一寸的前进啊
一寸的前进是一寸的胜利啊，
以一寸的力
人的力和群的力
直迫近了一寸
那一轮赤赤地炽火飞爆的清晨的太阳！

作者简介

阿垅（1907—1967），原名陈守梅，浙江杭州人，中国现代文艺评论家、诗人，“七月诗派”骨干成员之一。他曾就读于上海工业专科学校，后考入黄埔军校第10期步兵科，参加过淞沪会战并负伤。1939年到延安，在抗日军政大学学习，其后在重庆国民党陆军大学学习，毕业后任战术教官。新中国成立后任中国作协天津分会编辑部主任。主要作品有诗集《无弦琴》，报告文学集《第一击》，诗论《人和诗》《诗与现实》等。

作品简介

《纤夫》是1941年11月5日所创作的作品，收录于他的诗集《无弦琴》。当时正值抗日战争的艰苦相持阶段，中国面临着内忧外患，社会底层人民的艰辛生活与民族的苦难交织在一起。阿垅通过这首诗，以嘉陵江上的纤夫为象征，描绘了普通人民在逆境中坚韧不拔的精神和顽强的生命力。诗中通过对纤夫艰难跋涉的描写，表达了在艰苦时代中，只有脚踏实地、一步一寸地努力，才能推动历史前进，走向胜利和光明。

时间开始了（节选）
（第一乐章　欢乐颂）

胡　风

14

时间开始了——

毛泽东
他站到了主席台的正中间
他站在飘着四面红旗的地球面的
中国地形正前面
他屹立着象一尊塑像……

掌声和呼声静下来了

这会场
静下来了
好像是风浪停息了的海
只有微波在动荡而过
只有微风在吹拂而过
一刹那通到永远——
时间

奔腾在肃穆的呼吸里面

跨过了这肃穆的一刹那
时间！时间！
你一跃地站了起来！
毛泽东，他向世界发出了声音
毛泽东，他向时间发出了命令
“进军！”

掌声爆发了起来
乐声奔涌了出来
灯光放射了开来
礼炮象大交响乐的鼓声
“咚！咚！咚！”地轰响了进来
这会场
一瞬间化成了一片沸腾的海
一片声浪的海
一片光带的海
一片声浪和光带交错着的
欢跃的生命的海

沸腾着
它涌着一个最高峰
毛泽东
他屹然地站在那最高峰上

好像他微微俯着身躯
好像他右手握紧拳头放在前面
好像他双脚踩着一个
巨大的无形的舵盘
好像他在凝视着流到了这里的
各种各样的河流

毛泽东
他屹然地站在那最高峰上
好像他在向着自己
也就是向着全世界宣布：
让带着泥沙的流到这里来
让浮着血污的流到这里来
让沾着尸臭的流到这里来
让千千万万的清流流到这里来
也让千千万万的浊流流到这里来
……
我是海
我要大
大到能够
环抱世界
大到能够
流贯永远
我是海
要容纳应该容纳的一切
能澄清应该澄清的一切

我这晶莹无际的碧蓝
永远地
永远地
要用它纯洁的幸福光波
映照在这个大宇宙中间

海在沸腾
毛泽东
他屹然地站在那最高峰上
那不是挥动巨掌
击落着无数飞箭

而奔驰前进的
火焰似的列宁的姿势
那不是斩掉了一切毒瘤以后
重量和力量的凝合体
泰山石敢当的
钢柱似的斯大林的姿势
毛泽东
列宁、斯大林的这个伟大的学生
他微微俯着身躯
好像正要迈开大步的
神话里的巨人
在紧张地估计着前面的方向
握得紧紧的右手的拳头
抓住了无数的中国河流

他劝告它们跟着他前进
他命令它们跟着他前进

诗人但丁
当年在地狱门上写下了一句金言：
“到这里来的，
一切希望都要放弃！”
今天
中国人民的诗人毛泽东
在中国新生的时间大门上面
写下了
但丁没有幸运写下的
使人感到幸福
而不是感到痛苦的句子：
“一切愿意新生的
到这里来罢
最美好最纯洁的希望
在等待着你！”

祖国
伟大的祖国呵
在你忍受灾难的怀抱里
我所分得的微小的屈辱
和微小的悲痛
也是永世难忘的
但终于到了今天

今天
为了你的新生
我奉上这欢喜的泪
为了你的母爱
我奉上这感激的泪

祖国，我的祖国
今天
在你新生的这神圣的时间
全地球都在向你敬礼
全宇宙都在向你祝贺

雷声响起了
轰轰轰地在你头上滚动
雨点打来了
哗哗哗地在你头上飘舞
祖国呵
为了你
全宇宙都在欢唱
这大自然的交响乐
那么雄伟又那么慈和
飘流在这一片生命的海上
我感到了你巨大的心房
在激烈地鼓动

梦幻的我的眼睛

朝向了右边一瞥
看见了一个老人的侧脸
他的头发象一蓬秋草
他的胡子钢一样翘着
激动得张开着的嘴巴
忘记了动作
我感到了
他的额头上在冒着热汗
我感到了
在我看不到的他的眼睛里面
在燃烧着火焰

我的战友
我的兄弟
我看见了你！
你在臭湿的牢房垂死过
你在荒野的乡村冻饿过
你和穷苦的农民一道喂过虱子
你和勇敢的战友一道喝过血水
你受过了千锤百炼
你征服了痛苦和死亡
这中间
多少年多少年了
但你的希望活到了今天
你的意志活到了今天

今天
激动着你的此刻
你忘记了过去的一切罢
但过去的一切
使你纯真得象一个婴儿
仿佛躺在温暖的摇篮里面
洁白的心房充溢着新生的恩惠

你也感到了
这摇撼着雷雨的大交响的抚慰罢
那是催生歌
也是催眠曲
我梦幻的心
荡漾着一片醉意
越过你的侧脸
飘忽地回到了七月一日的狂风暴雨下面

好猛烈的狂风暴雨
好甜蜜的狂风暴雨
夹着雷声
飞着电火
倾天覆地而来了
被你吹着淋着
是三万个战斗的生命
用歌声迎接你
用欢笑迎接你

用舞蹈迎接你
因为
只有你这响彻天地的大合奏
只有你这湿透发肤的大洗礼
才能满足这神圣的生日所怀抱的大欢喜

圆形的大会场
像一个浮在大宇宙中间的地球
整列在那边缘上的
湿透了的无数红旗
飘舞得更响更欢
好像在歌唱
飘舞得更红更鲜
好像是跳跃着的火焰
被它们照临着的
三万颗战斗的心
被暴雨洗过
被狂风吹着
也更响更欢
也更红更鲜

突然
那个克服了艰险的历程
走到了胜利的战列前行的钢人
中断了他的发言
用着只有那么镇定

才能表现他所感到的光荣的声音宣布了：
——我们的毛主席来到！

三万个激动的声音
欢呼了起来
好像是从地面飞起的暴雨
三万个激动的面孔
转向了一边
好像是被大旋风吹向着一点
三万个激动的心
拥抱着融合着
汇成了掀播着的不能分割的海面

圆形海面的边缘
整列着
湿透了的无数红旗
飘舞得更响更欢
好像在歌唱
飘舞得更红更鲜
好像是跳跃着的火焰
它们歌唱着
朝向一点
它们跳跃着
朝向一点
三万个战斗的生命
每一个都在心里告诉自己：

——毛主席，毛主席，他在这
里！
——毛主席，毛主席，他和我们
在一起！

他在这里
在他正对着的那一边
矗立着四幅巨像
——马克思、恩格斯、列宁、斯大林
劳动人类的四颗伟大的心脏
人类福音的四面神圣的旗子

四幅巨像
前面放射着灯光
正对着他们天才的学生毛泽东
和三万个战斗的生命
所汇成的海面

四幅巨像
背后是无际的天空
黑沉沉的远方
雷声还在隐隐地滚动
电火还在一闪一闪地飞现

四幅巨像
被这大自然的交响乐伴奏着

使我们和大宇宙年轻的生命融合在一起
使我们和全地球未完的战斗连结在一起

一刹那通到无际……

一刹那通到无际——
今天
毛泽东
他站在这里
头上
轰轰的雷声在滚动
哗哗的雨声在歌唱
掀播着这声浪和光带交错着的
又一个生命的海

海
掀播着
涌着一个最高峰
毛泽东
他屹然地站在那里
他背后的地球形上
照临着碧蓝的天空
梦幻的我的眼睛
又看见了
那四幅巨像
矗立着

若隐若现
那碧蓝的亮光中间
好像飞来了雷声的隐隐滚动
好像射来了电火的一闪一闪

毛泽东！毛泽东！
由于你
我们的祖国
我们的人民
感到了太空的永生的呼吸
受到了全地球本身的战斗的召唤

毛泽东
你屹然地站在最高峰上
你感到了那个呼吸
你听到了那个召唤
你微微俯着身躯
你坚定地望着前面

前面
是那个唯一的方向
前面
是无数河流汇合之点
你两脚踩着无形的巨大的舵盘
你坚定地望着望着
那上面闪现过了什么呢？

闪现过了一个面影：
赤裸着身子
被绑着送向法场
在英勇地喊着口号吗？

闪现过了一个面影：
被装在麻袋里面
抛到了河里
传来了一声水响吗？

闪现过了一个面影：
双脚被捆了起来
由烈马倒拖着
奔驰而过吗？

闪现过了一个面影：
在草地里陷了下去
儿童的脑袋沉没了
双手还在抓扑吗？

闪现过了一个面影：
在雪山边坐了下来
即刻僵冻住了
定在那里永远不动吗？

闪现过了一个面影：
为了不让敌人发现
用母亲的战栗的手扣住幼儿的咽喉
望着他僵冷下去了吗？

闪现过了一个面影：
抱着炸药包
冲到碉堡底下
让身体和它同时粉碎了吗？

闪现过了一个面影：
把飞舞的红旗插上了敌人阵地
身里的热血同时喷了出来
在旗杆旁边倒下了吗？

一颗挂在电线柱子上的头颅
闪现过了吗？
一具倒毙在暗牢里的尸体
闪现过了吗？
一个埋进土里的半截身子
闪现过了吗？
……

他们
你的战友
你的兄弟

你的同志
艰险的时候想到你
忍苦的时候想到你
受刑的时候想到你
献命的时候想到你……

今天
在祖国新生的温暖怀抱里
他们复活了
踏着雄壮的步子
现出欢喜的笑容
亮着温爱的目光
举起健康的手臂
蜂群似地来了
浪潮似地来了
来了来了
来向你欢呼
来向你致敬
来向你祝贺

毛泽东！毛泽东！
中国第一个光荣的布尔什维克
他们的力量
汇集着活在你的身上
你抓住了无数的河流
他们的意志

汇集着活在你的心里
你挑起了这一部历史

毛泽东！毛泽东！
中国大地最无畏的战士
中国人民最亲爱的儿子
你微微俯着巨人的身躯
你坚定地望着前面
随着你抬起的手势
大自然的交响乐涌出了最高音
全人类的大希望发出了最强光

你镇定地迈开了第一步
你沉着的声音象一响惊雷——
“全人类四分之一的中国人从此站立起来了！”

作者简介

胡风（1902—1985），原名张光人，笔名谷非、高荒、张果等，湖北蕲春人，中国现代著名文艺理论家、诗人，“七月诗派”的重要代表人物。胡风的创作以文艺理论和诗歌最为突出，其作品强调现实主义精神，展现了对时代和社会的深刻洞察。

作品简介

《时间开始了》是胡风于1949年底创作的长篇政治抒情诗，最初发表于1949年11月20日的《人民日报》。这首诗创作于中华人民共和国成立之初，诗人目睹了国家从黑暗走向光明的巨大转变，内心充满了对新生活的喜悦和对未来的憧憬。诗中通过对自由、平等、幸福生活的描绘，展现了人民在新时代中的积极进取精神和对美好未来的坚定信念。胡风在创作中表达了对中华人民共和国的诞生和人民当家做主的强烈情感，同时也体现了肩负起推动文艺发展历史使命的自觉。

换了主人翁
——题劳动人民文化宫

赵树理

15

古来数谁大？皇帝老祖宗。
如今数谁大？劳动众弟兄。
世道一变化，根本不相同；
还是这所庙，换了主人翁！

作者简介

赵树理（1906—1970），本名赵树礼，山西省沁水县人，中国现代著名作家、文学家，历任中国文联常务委员、中国作家协会理事、中国曲艺协会主席、《曲艺》《人民文学》编委、中国工人出版社社长等职。他一生扎根农村，为农民写作，被誉为“人民艺术家”，作品多以华北农村为背景，反映农村社会的变迁和矛盾斗争，语言通俗易懂，深受农民大众喜爱，代表作有《小二黑结婚》《李有才板话》等。

作品简介

北京市劳动人民文化宫坐落于天安门东侧，其前身为明清两代皇帝祭祀祖先的太庙。中华人民共和国成立后，故宫博物院正式将太庙移交给北京市总工会，将其辟为职工群众的文化活动场所。为庆贺文化宫开幕，党和国家领导人与知名人士纷纷题词祝贺，这篇赵树理的题词生动形象地展现出新中国劳动人民当家做主的欣喜之情。

抗美援朝中的工人（组诗）

佚　名

16

工人的誓言

我们是新中国的工人，
铁锤在手，钢铁在心。
抗美援朝，保家卫国，
我们誓将热血洒疆场。

车间里，机器轰鸣，
我们日夜奋战，不辞辛劳。
生产出的每一颗子弹，
都是我们对祖国的忠诚。

我们是新中国的脊梁，
在抗美援朝的战场上，
我们用汗水和智慧，
为胜利贡献自己的力量。

工人的心声

当战火燃起，当号角吹响，
我们工人，挺身而出。
车间里，我们日夜忙碌，
生产出的每一辆坦克，
都是我们对祖国的誓言。

我们的心，与前线的战士同在，
我们的手，紧握着生产的大锤。
抗美援朝，保家卫国，
我们工人，绝不退缩。

钢铁洪流

工厂车间热浪翻，工人干劲冲云天。
千锤百炼出钢铁，制造坦克与战船。
抗美援朝展威力，钢铁洪流敌胆寒。
工人阶级力量大，保家卫国谱新篇。

作品简介

在抗美援朝时期，工人阶级以高度的爱国热情和无私奉献精神，日夜奋战在车间一线，生产子弹、坦克等军需物资，为志愿军提供坚实的后勤保障。与此同时，许多无名的工人诗人自发创作诗歌，以表达对前线战士的支持和对祖国建设的热忱。这些工人诗人多为一线工人，他们以亲身经历为蓝本，用质朴的语言记录了那个时代的工人风貌和精神状态。这些诗歌生动地展现了工人阶级在抗美援朝中高度的集体意识和责任感、巨大的贡献和爱国热情、豪迈的气概和对祖国的忠诚，成为那个时代工人阶级精神风貌的真实写照。

17

我站在祁连山顶

李　季

像一个守卫边疆的战士，
我昼夜站在祁连山顶。
我站在那雄伟的井架下面，
深情地照料着我的油井。

虽然是严寒封锁了大地，
虽然是风沙吹打得睁不开眼睛；
不论什么时候我都不愿离开一步，
哪怕是寒冷得连汗水也冻结成冰。

在山顶上我一点也不觉得寂寞，
整天陪伴我的是那祁连群峰。
黑夜里，群山悄悄地隐入夜幕，
这时候，来拜访我的是北斗七星。

辽阔坦平的戈壁滩在我的脚下，
行驶着的车队像一群小小的甲虫。

排成长列的白云前来把我慰问，
乐队总是那高傲的山鹰的嗥鸣。

我见过黎明怎样驱走黑夜，
我见过破晓前最后熄灭的那颗晨星，
我见过坐着第一辆车去上工的兄弟，
我见过金光四射的太阳怎样升上天空。

作者简介

李季（1922—1980），原名李振鹏，河南唐河人，中国现代著名诗人。1938年到延安抗日军政大学学习，并加入中国共产党，曾任八路军连指导员、情报参谋等职。1945年发表长篇叙事诗《王贵与李香香》，产生广泛影响。1952年，李季赴甘肃玉门油矿深入生活，创作了《玉门诗抄》《生活之歌》等作品，被誉为“石油诗人”。

作品简介

《我站在祁连山顶》创作于1952年，当时李季深入甘肃玉门油矿，与石油工人同甘共苦，体验他们的生活和劳动。这首诗通过“我”站在祁连山顶的视角，展现了石油工人在艰苦环境中的坚守与奋斗，歌颂了建设者的英雄主义精神。诗中不仅描绘了祁连山的壮丽景色，还通过“守卫边疆的战士”这一意象，表达了对石油工人无私奉献精神的赞美。

中国的道路呼唤着汽车

邵燕祥

18

你可知道祖国的辽阔?
你可曾用脚量过道路?

你数没数过中国有多少条道路——
穿行高山，横渡大河，
联结着千家村庄和万家灯火的城市，
联结着车站和码头，
联结着工厂、仓库、合作社，
绕过牧民的帐篷、农民的门口，
又从你脚下伸过。

你可认得这些道路——
像树干生出枝丫，
像胳膊挽着胳膊，
像头发，像蛛网，
交织在山谷，在平原，
在又像山谷又像平原的高原上；

在那穷年累月没见过好车马的山野，
你可看见有一条新的道路通过——
它驮着农具、肥料和纸张，
还有粮食、棉麻、甜菜和山货；

在那环海的公路旁边，
海浪泼溅着陡峭的岩岸；
你可看见海防的战士，
等待着粮秣和子弹！

你可曾走过这些道路？
你可曾听到道路在呼唤？
它们都通到第一汽车制造厂，
对我们建设者大声地说
——我们需要汽车！

我们满怀着热情，
大声地告诉负重的道路：
——我们要让中国用自己的汽车走路；
我们要把中国架上汽车，
开足马力，掌稳方向盘，
一日千里、一日千里地飞奔……

作者简介

邵燕祥（1933—2020），祖籍浙江萧山，生于北京，著名诗人、散文家、评论家。他的作品多具理性启蒙色彩，深刻反映时代精神，他的诗集《在远方》《迟开的花》分别获得第一、二届全国优秀新诗（诗集）奖，杂文集《忧乐百篇》《邵燕祥随笔》分别获得第一届全国优秀散文杂文奖、第一届鲁迅文学奖。

作品简介

《中国的道路呼唤着汽车》创作于1954年8月，当时正值新中国大规模经济建设的热潮时期，由于国家正处于工业化的起步阶段，汽车工业作为重要的现代化标志，成为全国人民关注的焦点。邵燕祥通过诗歌表达了对祖国工业化建设的热切期待和对未来的豪情壮志，展现了那个时代人民对建设强大祖国的共同愿望。

告别林场
——给共产主义的伐木者

傅　仇

19

请记着今天大风雪的日子，
有一队伐木者告别林场。
让我们最后再看一眼，
我们的心窝发热，喜气洋洋。

我们今年春天上山采伐，
遍山是封天的云杉、冷杉、赤桦；
我们把宝贵的木材送给祖国，
建设铁路、工厂、高楼大厦。

青山披着鹅毛雪花，
刚好一年，就告别“森林之家”；
山上留下年轻的幼树和母树，
我们请林墙来保护它。

胆小的獐子、大胆的金钱豹，

温驯的小鹿、肥美的马鸡；
别说我们已经走了，
随便来践踏我们的林区。

我们真不愿离开这里，
但我们还要去采伐新林区。
什么时候我们再回来？
最早也是一百年，一个世纪！

一个世纪，一百个年辰，
再走进这青山的已经不是我们；
而是一批批共产主义的新人，
电气化的伐木者，我们的子孙。

那未来的美妙远景，
怎不使我们沉醉动心！
让我们在这山上刻下一块树碑，
把我们的历史和预言告诉下一代人：

“在祖国第一个五年计划的开头，
正是我们最早走进原始森林的时候；
是我们为祖国采伐了第一批大树，
建设了新型厂房、学校、社会主义道路。

"我们走了，留下满山最好的树种，
到二十一世纪，你们上山的时候，
有一座新的无比茂盛的森林，
留给你们采伐，建设共产主义的高楼。"

再见了，我们亲爱的林场，
让我们的思想感情永远生在这里。
再见了，未来的共产主义的森林，
请接受二十世纪伐木者的敬礼。

作者简介

傅仇（1928—1985），原名傅永康，四川自贡人，1950年参军，后转业至四川省文联工作，曾任《星星》诗刊执行编辑和《四川文艺》诗歌组组长。他深入川西高原原始森林，与伐木工人同吃同住，创作了《森林之歌》《雪山谣》《伐木者》等10余部诗集，被誉为"森林诗人"。

作品简介

《告别林场——给共产主义的伐木者》创作于1954年9月，地点为四川理县来苏沟大郎坝。当时，傅仇进入海拔3000多米的川西高原原始森林体验生活，与伐木工人一起劳作，深受工人精神感染。诗歌通过描写伐木工人告别林场的场景，展现了他们对祖国建设过程中所作出的贡献以及怀揣着对未来美好的憧憬。

每当我印好一幅新地图的时候

李学鳌

20

我爱我的祖国，
像爱我的母亲，
我虽然不生产钢铁和小麦，
我却用我全部的力量，
描绘着她壮丽的面容。

每当我印好一幅新地图的时候，
就无法控制那海洋般的激情，
这纵横九百六十万平方公里的土地啊，
处处像磁石一样吸引着我的眼睛，
吸引着我的心到处飞腾。

啊，这个圆点儿就是我们的鞍钢，
解放前这儿是一片废墟，烂铁场，
敌人想从地图上把它抹掉，
让我们叹息着在这儿种高粱。
可是我们回答敌人的，

是滚滚的钢水，是高炉的欢唱！

啊，这儿曾经是漫无人烟的戈壁滩，
现在，一排排油井架高插入天，
黑色的血液直泻奔流，
它策动着工业的轮子日夜飞旋。
当我正赞美玉门油矿的时候，
那，巍峨的昆仑山脚下，
又出现了一块丰饶的油田；
为了这喜讯啊，
我的印刷机又和我一起狂欢！

看，这儿是一道弯曲的蓝线，
横亘在祖国大地当中，
为了让列车横跨过滔滔的江水，
江面上正筑起一道钢铁的长虹。

啊，这儿是宝成和兰新铁路，
多少年只是趴在纸上的两条虚线，
看今天，它多么像受了热的水银柱，
飞快地伸展在地图上面！
快拿起笔来添啊，
这里又多了两条铁路新线，
它们将通向伟大的联盟苏联！

看那向自然进军的尖兵们到处跋涉，
他们用铁锤、标尺叩醒了沉睡的山林。
任何障碍也不能阻拦建设大军的脚步，
哪怕是酷暑严寒、高山峻岭，
他们坚信在自己走过的路上，
每一寸土地都会有幸福诞生。

不，幸福已经从他们的脚印上诞生，
你看那森林般的铁塔和烟囱已升向天空，
昨天这儿还是一片空白，
今天就出现了一座工业城，
明天当新地图上刚把这里添好新点、新线的时候，
那边又响起了震天的夯声……

祖国啊，我的母亲，
尽管我驾的是世界上最新的印刷机轮，
也赶不上你神速的变化，像闪电，像飓风，
千万吨彩色油墨也描绘不出你美丽的外表，
你内在的美更比你的外表高超万分！

祖国啊，你自己讲吧，
你到底有多少田野和森林？
到底有多少城市和铁路？
有多少农场和矿坑？
好让我描绘出你真实的面容。

祖国啊，你自己讲吧，
在你的历史上哪有过这样的光荣？
是谁把新的里程碑在你的脚前竖起？
是谁用双手替你叩着社会主义的大门？

祖国啊，我的母亲，
我虽然描绘不出你神速的变化和美丽，
可是我知道那是谁——
正在用无比的智慧和劳动，
日夜不停地创造着你庄严伟大的面容！

作者简介

李学鳌（1933—1989），河北灵寿人，被誉为“工人诗人”。1947年参加革命工作，历任晋察冀边区印钞厂工人，中华人民共和国成立后任北京人民印刷厂党委宣传部副部长，北京市文联专业作家。著有《印刷工人之歌》《北京的春天》等诗集。

作品简介

《每当我印好一幅新地图的时候》创作于1952年1月。当时新中国正处于大规模经济建设的初期，国家面貌日新月异。李学鳌作为印刷工人，亲眼见证了地图上不断新增的工业成就，如鞍钢、玉门油田、宝成铁路等。他以印刷工人的视角，通过描绘地图上的变化，抒发了对祖国建设成就的自豪与赞美，展现了工人阶级对国家发展的积极参与和对未来的美好憧憬。

21

向困难进军
——再致青年公民

郭小川

骏马
在平地上如飞地奔走
有时却不敢越过
湍急的河流；
大雁
在春天爱唱豪迈的进行曲，
一到严厉的冬天
歌声里就满含着哀愁。

公民们！
你们
在祖国的热烘烘的胸脯上长大
会不会
在困难面前低下了头？
不会的，
我信任你们

甚至超过我自己，
不过
我要问一问
你们做好了准备没有？

我
比你们年长几岁
而且光荣地成了你们的朋友，
禁不住
要把你们的心
带回到那变乱的年头。

当我的少年时代
生活
决不像现在这样
自由而温暖，
我过早地同我们的祖国在一起
负担着巨大的忧患。

可是
我仍然是稚气的，
人生的道路
在我看来是如此地一目了然，
仿佛

只要报晓的钟声一响，
神话般的奇迹
就象彩霞似地出现在天边，
一切
都会是不可思议地美满。……

呵，就在这个时候
严峻的考验来了！
抗日战争的炮火
在我寄居的城市中
卷起浓烟，
我带着泪痕
投入红色士兵的行列
走上前线。
……真正的生活开始了！
可惜
它开始得过于突然！

我呀
几乎是毫无准备地
遭遇到一场风险。
在一个雨夜的行军的路上，
我慌张地跑到
最初接待我的将军的面前，

诉说了
我的烦恼和不安：

打仗嘛，
我还不能自如地往枪膛里装子弹，
动员人民嘛，
我嘴上只有书本上的枯燥的语言。
我说：“同志，
请允许我到后方再学几年！”

于是
将军的沉重的声音
在我的耳边震响了：
“问题很简单——
不勇敢的
在斗争中学会勇敢，
怕困难的
去顽强地熟悉困难。”

呵呵
这闪光的话，
象雨点似地打在我的心间，
我怀着感激
回到我们的队伍中

继续向前……。

现在
十八年已经过去了，
时间
锻炼了我们，
并且为我们的祖国带来荣耀。
不是我们
被困难所征服，
而是那些似乎很吓人的困难，
一个个
在我们的面前跪倒。

黑暗永远地消亡了，
随太阳一起
滚滚而来的
是胜利和欢乐的高潮。
公民们
我羡慕你们，
你们的青年时代
就这样好！

你们再不要
赤手空拳

去夺敌人手中的三八枪了，
而是怎样
去建造
保卫祖国的远射程的海防炮；

你们再不要
趁着黑夜
去挖隐蔽身体的地洞了，
而是怎样
寻根追底地
到深山去探宝。

你们再不要
越过地堡群
偷袭敌人控制的城市了，
而是怎样
把从工厂中伸出的烟囱
筑得直上云霄。

你们再不要
打着小旗
到地主庭院去减租减息子。
而是怎样
把农业生产合作社

办得又多又好。……

是呵
连你们遭遇的困难
都使我感到骄傲，
可是我要说
它的威风
决不会比从前小。

社会主义的道路上
并非
平安无事，
就在阳光四射的早晨
也时常
有风雨来袭。

帝国主义者，
对着我们，
每天都要咬碎几颗
吃人的牙齿，
生活的河流里，
随处都可能
埋伏着坚硬的礁石。

旧世界的苍蝇们，
在每个阳光不曾照进的角落
生着蛆……。
新生的事物，
每时每刻都遇到
没落者的抗拒……。

然而我要告诉你们
凭着我所体味的生活的真理：
困难
这是一种愚蠢而又懦怯的东西，
它
惯于对着惊恐的眼睛
卖弄它的威力，
而只要听见刚健的脚步声
就象老鼠似地
悄悄向后缩去，
它从来不能战胜
人们的英雄的意志。

那么，同志们！
让我们
以百倍的勇气和毅力
向困难进军！
不仅用言词

而且用行动
说明我们是真正的公民！

在我们的祖国中
困难减一分，
幸福就要长几寸，
困难的背后
伟大的社会主义世界
正向我们飞奔！

作者简介

郭小川（1919—1976），原名郭恩大，笔名马铁丁，河北丰宁人，中国现代著名诗人。1937年参加八路军，后长期在新闻、宣传、文艺部门工作。他的诗歌充满革命激情，具有丰富的想象和深刻的哲理，代表作有《投入火热的斗争》《向困难进军》《甘蔗林——青纱帐》等。

作品简介

《向困难进军——再致青年公民》创作于1955年11月，定稿于1956年1月。当时，中国正处于社会主义改造的高潮时期，国家建设面临诸多挑战和困难。郭小川从现实出发，重视青年在社会主义建设中的重要作用，于是创作了这首诗。诗歌通过回顾自己在抗日战争中的经历，激励青年勇敢面对困难，投身社会主义建设。这首诗不仅是对青年的号召，也是诗人对革命斗争经验的总结，展现了他对未来的坚定信念。

夜莺飞去了

闻　捷

22

夜莺飞去了，
带走迷人的歌声；
年轻人走了，
眼睛传出留恋的心情。

夜莺飞向天边，
天边有秀丽的白桦林；
年轻人翻过天山，
那里是金色的石油城。

夜莺飞向天空，
回头张望另一只夜莺；
年轻人爬上油塔，
从彩霞中瞭望心上的人。

夜莺怀念吐鲁番，
这里的葡萄甜泉水清；

年轻人热爱故乡，
故乡的姑娘美丽又多情。

夜莺还会飞来的，
那时候春天第二次降临；
年轻人也要回来的，
当他成为一个真正的矿工。

作者简介

闻捷（1923—1971），原名赵文节，曾用名巫之禄，江苏丹徒人，现代诗人。1940年赴延安，后参加解放西北的战斗，曾任新华社新疆分社社长。他的创作以诗歌为主，善于捕捉富有地方色彩和生活情趣的画面，风格清新高雅、含蓄幽默，主要作品包括《天山牧歌》《生活的赞歌》《复仇的火焰》等。

作品简介

《夜莺飞去了》创作于1952年至1954年，是闻捷组诗《吐鲁番情歌》中的一首。这首诗以轻快、朴素的笔调，运用比兴手法，通过夜莺与年轻人的比喻，展现了边疆青年对故乡的眷恋和对劳动的热爱。诗中的年轻人离开故乡，投身于“金色的石油城”，体现了当时青年对建设祖国边疆的热忱和对美好未来的追求。

运 输 线

唐 祈

23

暴雨冲刷着山谷
悬崖倾泻着千条瀑布
夜色把山染得墨黑
大树披散了头发
在巉岩上迎着狂风旋舞

凶险的山峰起伏
山顶上的公路
蛇一样蜿蜒盘曲
在雷电的闪击下
那一座座悬崖的缺口
像通向天空的道路
奔驰而来的
运输纵队的车灯
像无数柄宝剑
劈开了山
惊醒了大树

卡车在狂风暴雨中奔驰
载着成吨的钢材、闸板……
奔向水库
车窗里的英雄司机们
握着坚定的方向盘
他们威严的视线
群山不能阻拦
在前进的亮光中
他们好像在追逐着暴雨雷霆
把群山轻轻扔在黑暗后面

作者简介

唐祈（1920—1990），原名唐克蕃，江苏苏州人，九叶诗派的重要诗人之一。1942年毕业于西北联大文学院历史系，后历任兰州省立工业专科学校教师、上海《中国新诗》编委、《人民文学》和《诗刊》编辑等职。他的诗歌以独特的牧歌意绪和对时代现实的深刻洞察著称，展现了中国诗歌文化的南北融合，他的代表作品包括《九叶集》《唐祈诗选》等。

作品简介

《运输线》创作于1955年，当时中国正处于社会主义建设的初期阶段，国家大力推进基础设施建设。唐祈通过这首诗歌，描绘了在恶劣天气条件下，运输车队在险峻的山路上奔驰，为水库建设运送物资的壮观场景。诗歌中充满了对劳动者的赞美和对国家建设成就的颂扬，展现了诗人对新时代的热爱和对建设者们的敬意。

访“毛泽东号”机车

郭沫若

24

一

我登上了光荣的“毛泽东号”机车，
坐上了老英雄李永坐过的座位，
那是在机车左手边的窗口下面，
机车的内内外外都在放着光辉。
（上车时同志们让我带上了白手套，
穿上了干净的工作服，怕我染了煤灰：
下车时白手套还同米一样的洁白，
工作服比我的制服还要干净十倍。）
司机长岳尚武在我右手边指挥，
他要进就进，要停就停，要退就退，
像在驾御着一头驯善的雄狮子——
不，雄狮子没有这样的安详和声威！

二

岳尚武告诉我：这机车本来已经报废，
十年前哈尔滨解放才从肇东车站拖回。
那时候只有一个破水箱和几个轱辘，
要修好它来支援解放军，向前线运输。
要零件，往哪里找呢？我们有个“万宝山”，
那本来是“废件”的大垃圾堆，色色俱全。
所谓“废件”并不真是废件，而是有用品，
在敌伪时，存心破坏，把什么都往里扔。
解放了，这座“万宝山”也就同时被解放，
在工余时间加紧修，费了二十二个晚上，
每晚都做到夜深，我们得到了报酬，
终于修好了已经报废的这个火车头。

三

岳尚武继续说，那时我是个修车工，
年龄一十八岁，我是负责修理水泵。
在敌伪时，吃不饱，穿不暖，经常挨打，
老是躲进车皮里去怠工，做白日梦。
解放后工人们当了国家主人翁，
我被调任为司炉，工作热情比火还熊。
1949 年 3 月里“毛泽东号”入关，

我又由司炉调任副司机，喜地欢天。
机车一般是三班制的九人小组，
司机是三正三副，加上三个司炉。
司机长是这九人小组中的领袖，
我就是李永英雄领导下一名学徒。

四

李永事事都带头，能吃苦，能耐劳，
教我们爱护机车要像爱护手表。
我们采取包乘制，九人都要管车，
首先是把车上的油垢完全去掉。
没有火油用水代，没有破布就用草，
油垢去掉，机车的毛病就一目明了。
这样就可不断地把毛病逐步治好，
这样就可不断地把机车质量提高。
副司机和司炉都要负责管理加油，
司机负责检查，使机械的磨损减少。
这样就保证了机车的循环运转制，
乘务员在站上班，机车不开进库里。

五

到了北京，铁道部要我们把制度推广，

但别的同志不习惯，有的还说话风凉。
又是李永同志带头去帮助别人擦车，
李永帮人擦车总选那最肮脏的地方。
这样使大家受了感动，便形成了风气，
大家的车头都擦得来和镜子一样亮。
小毛病即时修理，就不会生出大毛病，
爱护它，修理它，机车的寿命就会延长。
一般的规定跑了四十万公里要进行大修，
“毛泽东号”大修是跑了四十八万公里以上。
“毛泽东号”已经安全行走了八十二万公里，
但在今天它和新的机车还差不多一样。

六

岳尚武同志的谈话深深地感动了我，
他说的那么明朗、沉着，一点也不啰嗦。
他还向我表演出怎样向炉孔里添煤，
他把机关一踩，两扇小门便立地打开，
火在炉里面红东东地带着一个笑脸，
好像是在说：岳尚武同志，我欢迎你来。
岳尚武同志把小巧的煤锹，铲了小半铲炭，
就像一位母亲用小茶匙喂孩子吃饭。
多么轻巧呀，门是一踩就开，一放就关，
只消一眨眼的时间便送进煤炭一铲。

煤也听话，锹也听话，炉孔的门也听话，
同岳尚武的手和足成了有机的关联。

七

岳尚武说：这煤锹已经切短了一小半，
从前是使用大锹，一上煤就一二十铲，
上了煤，司炉就在车口上去兜风纳凉，
那管你炉里的煤到底是在燃或不燃。
煤要氧气，只是上面着火，下面不着火，
结果把炉底一拉，便拉漏了许多好炭。
大家商量，煤是必须省，必须从小处省，
一锹有二公两，五千锹便可以省下一吨。
于是改用小锹，把老锹切掉了小半段，
从前是一锹五公斤，现在是不到一半，
实行三锹制，上一次煤不准多过三锹，
三年间就省煤六百八十吨还有零头。

八

岳尚武又说：我们要发掘机车的力量，
要多拉快跑，使机车的力量没有潜藏。
1951 年前只准拉一千七百五十吨，
李永说：车有余力，这样少拉实在不行。

我们试验，一拉就拉了二千五百多吨，
而且安全到达，并没有出些小的毛病。
司机蔡连兴更造了五千六百吨的纪录，
一百二十八个列车，一共有二里多长，
太长了不好卸货，但因此改大了车厢，
从前一车十五吨，现在是五十吨还强，
如今全国的指标已改为二千七百吨，
“满载·超轴·五百公里”制度已普遍推行。

九

多拉如果不能快跑，那也只是枉然，
于是我们九人小组又遇到一个难关。
活塞漏汽要起反压力我们加以修检，
又还把油窝加大，又加添了注油点。
为锅炉保温，我们就用扒根箍着石棉，
司炉王清泉还想出了在炉底垫炭，
我们又采用了郑锡坤的先进经验，
那就是要使机车活拉而不是死牵。
先把车头往后退，把“詹天佑”放松一点，
一开车就开足马力，一个二个相掀。
现在是像百米赛跑，而不像万米赛跑，
鼓足力量往前冲，就节省了煤和时间。

十

我们还想了些办法，如“下坡快开加上坡”，
司机胡春东同志所想的办法要算最多，
他利用机车和车厢 15% 的惰力，
每跑百公里有十五公里可以不必开汽。
车厢有惰力甚至还可以推动火车头。
（这使我联想到群众促进领导往前走。）
省煤，省时，还加速了车辆使用周转率，
到天津由三点二十分，减到两点多一些。
（我想到全国都是这样，影响可真不少。
别的部门也都是又多、又快、又省、又好，
社会主义建设的规模和速度必然会提高，
五年计划的超额提前完成一定可以确保。）

十一

岳尚武同志继续说：防止事故是重要非常，
比如看信号，以前是一人，现在要两人以上。
我们也注意到人身安全，特别对新人保卫，
我们的规定是：“不停车不下车，不上车不开车。”
我们的第一任司机长就是有名的英雄李永，
全国人民代表大会的代表郭树德是第二任，
第三任就是我自己，被提升在 1951 年。

我自己的成就比起同志们来是非常有限。
我们的宗旨是九人一条心，三班同检点，
十天一小结，一月一总结，一趟一钻研。
我们每天每夜都在看见毛主席的名字，
我们是受着党的教育，工作在毛主席跟前。

十二

岳尚武同志诚恳周道地向我讲了许多，
我像一个小学生坐在“毛泽东号”上听课。
虽然我是一个半聋子，听话总听不周全，
但我感觉着他的话一字一句都很新鲜。
一部废车都可以改造成为一部新机车，
这可见任何困难都可以克服，事在人为。
岳尚武本人在解放前也只在车上偷睡，
如今是光荣火车头的火车头魁梧奇伟。
在下车前我打从窗口上向外边眺望，
祖国的天地弥漫着社会主义的春光。
六万万人的岳尚武在向着我招手，
庄严的五星红旗在春风中四处飘扬。

作者简介

郭沫若，已在《上海的清晨》中介绍。

作品简介

《访“毛泽东号”机车》发表于1956年4月30日，当时郭沫若参观了“毛泽东号”机车，并与司机长岳尚武等人进行了深入交流。这首诗描绘了废旧机车从报废到修复并成为光荣的运输工具的过程，展现了工人阶级的智慧和力量。诗中通过对机车修复和运行的描写，表达了对劳动者的敬意和对社会主义建设成就的赞美。

刘家峡之歌

冯　至

25

上流也宽，下流也宽，
黄河在这里挤在两山间，
两山的峭壁直上直下，
壁上的岩石坚又坚。

黄河像一个巨人，
在这里囚困了千万年，
摸不到广大的地，
望不见辽远的天。

如今它将要得到解放，
要淹没两边的巉岩，
低头灌溉肥沃的地，
广阔地照映明朗的天。

它把光明和动力，
通过没有尽头的输电线，

远远地送入大戈壁，
高高地送上祁连山。

作者简介

冯至（1905—1993），原名冯承植，字君培，河北涿州人，中国现代著名诗人、翻译家、学者和教育家。他被鲁迅誉为“中国最为杰出的抒情诗人”，中国德语文学研究的“一代宗师”。冯至曾赴德国留学，获海德堡大学哲学博士学位，后回国任教于西南联大和北京大学。他的诗歌风格清新、深邃，兼具中国传统文化与西方哲学之美。

作品简介

《刘家峡之歌》创作于1956年8月兰州，正值中国社会主义建设的高潮时期。当时，国家大力推进工业化和基础设施建设，黄河刘家峡水电站的建设成为重要的国家项目。冯至通过这首诗描绘了黄河在刘家峡的壮丽景象以及水电站建设的伟大意义，展现了对国家建设成就的赞美和对未来的美好憧憬。

回 延 安

贺敬之

26

一

心口莫要这么厉害地跳，
灰尘呀莫把我眼睛挡住了……
手抓黄土我不放，
紧紧儿贴在心窝上。
几回回梦里回延安，
双手搂定宝塔山。
千声万声呼唤你
——母亲延安就在这里！
杜甫川唱来柳林铺笑，
红旗飘飘把手招。
白羊肚手巾红腰带，
亲人们迎过延河来。
满心话登时说不过来，
一头扑在亲人怀……

二

二十里铺送过柳林铺迎，
分别十年又回家中。
树梢树枝树根根，
亲山亲水有亲人。
羊羔羔吃奶眼望着妈，
小米饭养活我长大。
东山的糜子西山的谷，
肩膀上的红旗手中的书。
手把手儿教会了我，
母亲打发我们过黄河。
革命的道路千万里，
天南海北想着你……

三

米酒油馍木炭火，
团团围定炕头坐。
满窑里围得不透风，
脑畔上还响着脚步声。
老爷爷进门气喘得紧：
“我梦见鸡毛信来——可真见亲人……”
亲人见了亲人面
欢喜的眼泪眼眶里转。

“保卫延安你们费了心，
白头发添了几根根。”
团支书又领进社主任，
当年的放羊娃如今长成人。
白生生的窗纸红窗花，
娃娃们争抢来把手拉。
一口口的米酒千万句话，
长江大河起浪花。
十年来革命大发展，
说不尽这三千六百天……

四

千万条腿来千万只眼，
也不够我走来也不够我看！
头顶着蓝天大明镜，
延安城照在我心中：
一条条街道宽又平，
一座座楼房披彩虹；
一盏盏电灯亮又明，
一排排绿树迎春风……
对照过去我认不出了你，
母亲延安换新衣。

五

杨家岭的红旗啊高高的飘，
革命万里起高潮！
宝塔山下留脚印，
毛主席登上了天安门！
枣园的灯光照人心，
延河滚滚喊“前进”！
赤卫军，青年团，红领巾，
走着咱英雄几辈辈人……
社会主义路上大踏步走，
光荣的延河还要在前头！
身长翅膀吧脚生云，
再回延安看母亲！

作者简介

贺敬之（1924—），山东峄县（今山东枣庄市）人，笔名艾漠、荆直。中国现代著名诗人、剧作家，1940年赴延安，考入鲁迅艺术学院文学系。曾担任中国文学艺术界联合会第十届荣誉委员。他的创作将革命现实主义与浪漫主义相结合，作品多次获得国内外重要奖项，包括1951年斯大林文学奖。主要文学作品包括歌剧《白毛女》（与丁毅共同执笔）、抒情短诗《回延安》《桂林山水歌》《三门峡》、长篇政治抒情诗《放声歌唱》《十年颂歌》等。

作品简介

《回延安》创作于1956年3月9日，当时贺敬之随团中央领导回到阔别11年的延安，参加西北青年造林大会。诗人回到延安，感慨万千，心潮澎湃，在大会联欢晚会上，他用信天游的形式作诗来抒发自己的感情。诗中通过五个部分，分别表达了回到延安的激动喜悦、回忆当年延安生活、亲人欢聚畅谈的热烈场面、延安城的新面貌以及对延安光辉历史和未来的展望。

三 门 峡
——梳妆台

贺敬之

27

望三门，三门开：
“黄河之水天上来！”
神门险，鬼门窄，
人门以上百丈崖。
黄水劈门千声雷，
狂风万里走东海。

望三门，三门开：
黄河东去不回来。
昆仑山高邙山矮，
禹王马蹄长青苔。
马去“门”开不见家，
门旁空留“梳妆台”。

梳妆台呵，千万载，
梳妆台上何人在？
乌云遮明镜，

黄水吞金钗。
但见那：辈辈艄公洒泪去，
却不见：黄河女儿梳妆来。

梳妆来呵，梳妆来！
——黄河女儿头发白。
挽断“白发三千丈”，
愁杀黄河万年灾！
登三门，向东海：
问我青春何时来？！

何时来呵，何时来？……
——盘古生我新一代！
举红旗，天地开，
史书万卷脚下踩。
大笔大字写新篇：
社会主义——我们来！

我们来呵，我们来，
昆仑山惊邙山呆：
展我治黄万里图，
先扎黄河腰中带——
神门平，鬼门削，
人门三声化尘埃！

望三门，门不在，
明日要看水闸开。
责令李白改诗句：
“黄河之水‘手中’来！”
银河星光落天下，
清水清风走东海。

走东海，去又来，
讨回黄河万年债！
黄河女儿容颜改，
为你重整梳妆台。
青天悬明镜，
湖水映光彩——
黄河女儿梳妆来！

梳妆来呵，梳妆来！
百花任你戴，
春光任你采，
万里锦绣任你裁！
三门闸工正年少，
幸福闸门为你开。
并肩挽手唱高歌呵，
无限青春向未来！

作者简介

贺敬之，已在《回延安》中介绍。

作品简介

《三门峡——梳妆台》创作于1958年，当时中国正在黄河中游修建三门峡水利枢纽工程，这是中华人民共和国成立后在黄河干流兴建的第一座大型水利枢纽工程。贺敬之有感于这一伟大工程，创作了这首诗歌。诗中通过拟人化的手法，展现了黄河女儿对治理黄河的渴望，以及新时代人民治理黄河、改造自然的伟大壮举。

鞍钢诗二首

28　题　鞍　钢

吴玉章

钢都个个逞英豪，
生产热情日益高；
叠放卫星惊世界，
和平保卫看今朝。

作者简介

吴玉章（1878—1966），字树人，四川荣县人，是中国近现代杰出的无产阶级革命家、教育家、语言文字学家，也是中国共产党早期领导人之一，被誉为“延安五老”之一。他早年参加同盟会，投身辛亥革命，后加入中国共产党，为党的教育事业和革命活动作出了重要贡献。中华人民共和国成立后，吴玉章担任中国人民大学校长等职，致力于推动教育改革和文化发展。他一生致力于教育事业，倡导“实事求是，理论联系实际”的教育理念，对中国现代教育体系的建立和发展产生了深远影响。

作品简介

1958年11月2日，时任中国人民大学校长的吴玉章参观了鞍山钢铁公司。当时，鞍钢作为新中国钢铁工业的重要基地，正处于大跃进时期，生产热情高涨，工人们积极投身于钢铁生产，努力提高产量，以支持国家的工业化建设。吴玉章通过这首诗，生动地描绘了鞍钢工人的高昂斗志和钢铁生产的大好形势，表达了对鞍钢工人和中国工业发展的高度赞扬，同时也强调了和平建设的重要性。

西江月·鞍山钢铁公司留念

谢觉哉

铁道轨如蛇卧
瓦斯管似蛛悬
钢都自动化俱全
建设群中巨擘

上班手揿电钮
下班手执锄镰
澡身浴德有温泉
个个健康勤俭

作者简介

谢觉哉（1884—1971），湖南宁乡人，中国共产党老一辈无产阶级革命家、政治家，杰出的社会活动家，我国人民司法制度的奠基者之一，也是著名的“延安五老”之一。他于1925年加入中国共产党，曾担任过中华苏维埃共和国临时中央政府和毛泽东同志秘书、中央政府秘书长等职。中华人民共和国成立后，谢觉哉历任中央人民政府政务院内务部部长、最高人民法院院长、全国政协副主席等职。他的一生为党和人民的事业作出了重要贡献，其诗词创作也展现了他深厚的革命情怀和对国家建设的关注。

作品简介

1962年7月，时任最高人民法院院长的谢觉哉视察鞍山钢铁公司。鞍山钢铁公司作为新中国钢铁工业的摇篮，其自动化程度和生产规模在当时堪称国内领先。谢觉哉通过这首《西江月·鞍山钢铁公司留念》，描绘了鞍钢现代化的生产场景，展现了工人阶级的辛勤劳动和钢铁工业的蓬勃发展。诗中不仅反映了鞍钢的自动化生产水平，还体现了工人在现代化生产中的新风貌，表达了对国家工业建设成就的赞美和对工人阶级的敬意。

春在车间

于德成

29

五色缤纷的铁屑正像盛开的牡丹，
喷射的冷却液像一座飞泉，
一台台机床正是一棵棵深绿的树，
一颗颗闪着金光的果子挂在上边。

一个姑娘飞似的转动着手柄，
她身上只穿了一件淡绿的衣衫，
流着汗的脸上，
像含着露珠的芙蓉花瓣……

车间里电灯像一排排大雁，
一股暖流扑向我们胸前，
门外的雪哪怕下得再大，
车间里呀，永远是春天。

作者简介

于德成（1933—），山东蓬莱人，曾任长春第一汽车制造厂工人，著有诗集《车笛颂》。

作品简介

《春在车间》创作于1958年，正值中国社会主义建设的高潮期。当时，国家大力推动工业化进程，工人阶级成为建设的主力军。于德成通过这首诗描绘了车间内热火朝天的生产场景，将铁屑比作牡丹，机床比作绿树，生动地展现了工人的劳动热情和对美好生活的向往。

工业子弟兵

孙友田

30

我把枪擦了三遍告别了同志，
从兵营来到矿工城，
在前线我领着一连人打了十年仗，
在这里我是个新兵。

戴上矿工帽像戴上钢盔，
“钢盔”上少了一颗红星，
在那红星的位置上，
我插上了一盏发亮的矿灯。

进入了深深的矿井，
看到了金闪闪的煤层。
我举起一块煤向党宣誓：
在地下的战斗里定要建立功勋！

“给我风镐，师傅！”
突突突，向煤层发起冲锋，

嘭！嘭！这一百公尺的地下，
我又听到前面的炮声……

脸上淌着黑亮的汗水，
抱着风镐，露着热腾腾的前胸。
亲爱的祖国呵，您看！
您的工业子弟兵多么豪迈英勇！

作者简介

孙友田（1937—），安徽省萧县人，中国当代著名诗人，被誉为“煤矿诗人”。曾在江苏徐州贾汪煤矿担任技术员，1960年调至江苏省文化局从事专业创作。他是中国煤矿诗派的重要代表，著有诗集《煤海短歌》《矿山锣鼓》《煤城春早》《石炭歌》《金色的星》《煤海放歌》《孙友田煤矿抒情诗选》等。

作品简介

《工业子弟兵》创作于1958年，当时中国正处于社会主义建设的高潮期，国家大力推动工业化进程，煤矿工人成为建设的重要力量。孙友田本人曾在煤矿工作多年，对矿工生活有深刻体验。这首诗通过诗人从军人到矿工的身份转变，展现了工人阶级在新岗位上继续发扬战斗精神、为建设国家贡献力量的决心和豪情。诗歌不仅反映了当时工人阶级的奋斗精神，也表达了对国家工业化进程的赞美。

我们沸腾的工厂

李清联

31

当白雪还覆盖着大地，
春天早已来到汽车厂。
一个战斗还没有结束，
新的高潮已经到来。
在宽阔的车间里，
在平坦的马路上，
在饭厅，在宿舍，在走廊……
到处呈现着春天的气象。
每个人的心上像有股电流流过，
空气中也饱和着战斗的欢畅。
昨天，一天完成两天的生产任务，
今天，一天干完十天的活儿；
昨天，车间增产十五辆汽车的计划，
今天，变成了最大的保守；
昨天，认为潜力已挖尽的万能机床，
今天，效率又提高了十二倍半；
昨天，认为浪费现象绝迹的工部，

今天，又检查出浪费五万多元。
汗流满面的锻工，
白天在汽锤旁出色地完成了任务，
夜晚擦去汗珠在会上发言：
“生产任务订得太保守，
我们经过整风锻炼，
心中的火苗烧得更旺，
最少应增加五倍才过瘾。”
年轻的车工已做完1960年的工件，
新的保证如雷声震人心弦，
他说：“1960年要把第三个五年计划完成！”
昨天还不大称意的清扫工，
今天提出一人代替三个人的工作，
他说：“不这样，十五年怎能赶上英国？”
昨天有人还不遵守劳动纪律，
今天，下班后却在擦机器。
啊！到处都是战斗，
满天飞舞着惊人的事迹。
挑战书，倡议书，
如黄河陡涨的春汛，
千万张彩色的大字报，
写着伟大的社会主义思想。
（汽车工人报的版面太小了，
应该再加出一千张号外。）

厂长正在检阅战斗，
眉间锁不住心中的欢笑，
为了我们豪迈的事业，
他愿熬一万个通宵。
在党委的紧急会议上，
书记的语言如一串滚雷，
他把第一汽车厂的大竞赛，
烧得像满炉沸腾的钢水。

作者简介

李清联（1934—），原名马遵生，河南沁阳人，中国当代著名诗人。1951 年参加工作，先后任团委干事、党委宣传干事。1979 年后调入文艺部门，历任《莽原》杂志主编、洛阳市文学协会副主席、三门峡市文联副主席等职。著有诗集《我们沸腾的工厂》《拖拉机开出了厂房》《李清联短诗选》等。

作品简介

《我们沸腾的工厂》创作于 1958 年，正值中国社会主义建设的高潮期。当时，国家大力推动工业化进程，汽车工业作为重要的现代化标志，成为全国人民关注的焦点。李清联通过这首诗描绘了汽车工厂中热火朝天的生产场景，展现了工人阶级在新岗位上继续发扬战斗精神、为建设国家贡献力量的决心和豪情。

川江号子

蔡其矫

32

你碎裂人心的呼号，
来自万丈断崖下，
来自飞箭般的船上。
你悲歌的回声在震荡，
从悬岩到悬岩，
从漩涡到漩涡。
你一阵吆喝，一声长啸，
有如生命最凶猛的浪潮
向我流来，流来。
我看见巨大的木船上有四支桨，
一支桨四个人；
我看见眼中的闪电，额上的雨点，
我看见川江舟子千年的血泪，
我看见终身搏斗在急流上的英雄，
宁做沥血歌唱的鸟，
不做沉默无声的鱼；
但是几千年来

有谁来倾听你的呼声
除了那悬挂在绝壁上的
一片云，一棵树，一座野庙？
……
歌声远去了，
我从沉痛中苏醒，
那新时代诞生的巨鸟，
我心爱的钻探机，正在山上和江上
用深沉的歌声，
回答你的呼吁。

作者简介

蔡其矫（1918—2007），福建晋江人，中国著名诗人、散文家。1938年赴延安参加革命，入鲁迅艺术学院文学系学习，曾任教员、随军记者等职，1953年到北京中央文学讲习所任教，后成为福建省文联专业作家。

作品简介

《川江号子》收录于1958年蔡其矫的诗集《生活的歌》，诗人在考察汉江、长江时，目睹了川江船夫在急流中搏斗的场景，被其顽强的生命力所震撼。这首诗通过号子和船夫的形象，表达了对英雄般的劳动者及其生命活力的敬仰之情，诗中，号子和船夫两种形象融为一体，共同塑造了一尊强悍而悲壮的生命雕像，反映了诗人对中国现状与走向的深刻思考，以及对新时代建设者的赞美。

机车大夫（节选）

王恩宇

33

革命红旗扫除祖国天空上的乌云，
解放炮声宣告祖国的春天来临；
陈发这时已经四十多岁了，
他却觉得自己正当青春。

见工友总掩不住内心的兴奋：
“好好干吧！如今咱是国家的主人。”
越干越觉得有用不完的劲，
心上不分什么昼夜呵什么晴阴。

深夜里总见他凝神学习毛主席的书，
假日里常见他苦钻技术理论；
人常说：年过四十不学艺，
他却要从头钻研火车的学问！

为掌握机车运行中的细情呵，
他把各种走车路线的特点探寻：
哪里坡道左拐？哪里坡道右弯？……

点点滴滴把它们牢记在心。

一次，有台爬山的机车连小坡也爬不上，
修了多次都不行——毛病实难找寻，
那时，大建设的任务多么紧呀，
急得工程师们额头上汗淋淋。

请来陈发，他车上车下看了看，
说："走走车，我先听听声音。"
刚开出不远他就让司机停住，
胸有成竹地说："找到了病根！"……

修好后开上那陡峻的山坡，
导轮不再空转了，爬山毫不费劲，
又加大了负荷跑着也很顺利，
在场的人呀谁不把拇指高伸！

他摸透了各种机车的脾性，
熟悉它们像熟悉自己掌上指纹；
从此，大家都称他"机车大夫"，
齐夸他能"手到病除""妙手回春"。

新生活带给他无穷无尽的力量，
他呵，时时不忘肩头的重任：

“咱们阶级是挑大旗的，要有志气，
干！什么事不能光指靠别人！”

啊！你是年老而又年轻的战士，
肩披着仆仆风尘在阔步前进，
岁月的长河虽冲出你满脸皱纹呵，
满脸皱纹盖不住你旺盛的青春！

作者简介

王恩宇（1937—2006），笔名孟津宇，河南孟津人。1956年毕业于咸阳机器制造学校，历任北京第一机床厂技术员、工程师，《工人日报》文艺部编辑、主任编辑。著有长诗《李放之歌》、诗集《北京的声音》《心泉集》《月光吻着窗纱》等。

作品简介

《机车大夫》是王恩宇通过采访火车头修理专家陈发后，以这位工人劳动模范为原型创作的诗歌。诗中通过对“机车大夫”的描绘，展现了普通工人们在平凡岗位上的敬业精神和对国家建设的热爱与贡献。

陈发是北京长辛店机车厂的全国劳动模范，被誉为“机车大夫”。他技术精湛，经验丰富，凭借刻苦钻研的精神，解决了众多机车难题，为社会主义建设作出突出贡献。1959年，陈发作为先进生产者代表出席全国群英会，他的事迹被广泛报道。

铁人的诗（组诗）

王进喜

34

天大困难也不怕

石油工人一声吼，
地球也要抖三抖。
石油工人干劲大，
天大困难也不怕。

誓夺头号大油田

北风当电扇，
大雪是炒面。
天南海北来会战，
誓夺头号大油田。
干！干！干！

世界冠军要咱当

大地回春练兵忙，磨好刀枪整好装。
只待战令一声下，跃马扬鞭上战场。
庄稼喜雨花朝阳，会战全靠共产党。
中华民族站起来，世界冠军要咱当。

作者简介

王进喜（1923—1970），甘肃玉门人，中国石油工人的杰出代表。1938 年进甘肃玉门油矿当徒工，成为钻井工人，1958 年，他带领钻井队创造月进尺 5000 米钻井的纪录。1960 年，参加大庆石油大会战，用“人拉肩扛”“盆端桶提”的方法，5 天 4 小时打成大庆第一口油井。井喷时，跳入泥浆池搅拌泥浆，制服井喷，被誉为“铁人”。“铁人精神”不仅激励着一代代石油工人，也被纳入共产党人的精神谱系。

作品简介

上述组诗创作于 20 世纪 60 年代初，正值大庆石油会战时期。当时，石油工人在极其艰苦的条件下，面对极端的天气、简陋的设备和匮乏的物资，依然顽强拼搏，誓言拿下大油田。王进喜作为石油工人的代表，其事迹激发了《天大困难也不怕》《誓夺头号大油田》《世界冠军要咱当》等诗歌的创作，这些诗歌表达了石油工人不畏艰难、勇于拼搏的精神和为国家争光的豪情。

年 轻 的 城

艾 青

35

我到过许多地方，
数这个城市最年轻。
它是这样漂亮，
令人一见倾心。
不是瀚海蜃楼，
不是蓬莱仙境，
它的一草一木，
都由血汗凝成。

你说它是城市，
却有田园风光。
你说它是乡村，
却有许多工厂。
苍郁的树林里面，
是一排排的厂房，
百鸟的鼓噪声中，
传来马达的声响。

空气是这样清新，
闻到田园的芳香，
微风轻轻吹拂，
掀起绿色的波浪。
它像一个拓荒者，
全身都浴着阳光，
面对着千里戈壁，
两眼闪耀着希望。

更像一个战士，
革命的热情汹涌，
只要一声号令，
就向前猛打猛冲。
到处都是建设工地，
劳动的声音在沸腾，
我的心随着手推车，
在碎石公路上飞滚。

艳阳天，风雪天，
在黎明，在黄昏，
一年三百六十天，
看它三万六千遍。
因为它永远在前进，

时时刻刻改变模样，
因为我透过这个城市，
看见了新中国的成长。

作者简介

艾青（1910—1996），原名蒋正涵，字养源，号海澄，浙江金华人，中国现代诗人。1928 年中学毕业后考入国立杭州西湖艺术院，后赴法国勤工俭学，学习绘画。1932 年回国，在上海加入中国左翼美术家联盟，从事革命文艺活动。1933 年发表成名作《大堰河——我的保姆》。1935 年出版第一本诗集《大堰河》。1941 年赴延安，任《诗刊》主编。1979 年平反后，任中国作家协会副主席等职。

作品简介

《年轻的城》创作于 1956 年，是艾青为歌颂新疆石河子在社会主义建设时期取得的伟大成就而作。当时，石河子还是一片戈壁荒滩，但在军垦战士们的艰苦奋斗下，逐渐发展成为一座充满生机的现代化城市。艾青在石河子生活了 16 年，亲眼见证了这座城市的崛起，深受感动，于是写下这首诗。诗中通过对石河子的描绘，展现了新中国建设的蓬勃生机和劳动人民的奋斗精神。

垦荒者之歌

艾 青

36

我的家在钱塘江上，
那儿是鱼米之乡；
同志，请你告诉我：
哪儿是你的家乡？

说什么家乡不家乡，
灶王爷贴在腿肚子上——
祖国的河山到处都可爱，
人在哪儿哪儿就是家乡；

说什么“西出阳关无故人”
老战友都在国营农场——
有的来自南泥湾，
有的来自北大荒；

我们走过天涯海角，
我们到过穷乡僻壤——

从海南岛到黑龙江，
从黑龙江到新疆；

我们都是军垦战士，
荒原就是我们的战场——
改造自然是我们的理想，
我们为祖国开辟粮仓；

伊犁的苹果香又甜，
鄯善的瓜儿甜又香，
我们要把祖国大地，
处处变成鱼米之乡；

田野呵多么辽阔，
天空呵多么晴朗，
骑着马儿轻轻地唱：
“我们可爱的家乡……”

作者简介

艾青，已在《年轻的城》介绍。

作品简介

《垦荒者之歌》是艾青1959年至1962年在新疆期间创作的诗歌，在新疆石河子，艾青目睹了军垦战士们在戈壁荒滩上开垦农田、建设家园的壮举，深受感动，创作了这首诗歌。诗中通过“荒原就是我们的战场”“改造自然是我们的理想”等语句，展现了垦荒者们不畏艰难、勇于开拓的精神，以及对未来的美好憧憬。

追踪着老孟泰的脚步

郭小川

37

在一望无际的田垄的深处，
颠簸而行的车子戛然停住。
“同志，炼铁厂农场有多远？”
“老英雄的农场嘛，八里路。”

也许是会见英雄的心过急，
也许是关东自古地广人稀，
我们已经在车子里颠簸半晌了，
还寻不见老孟泰的足迹。

铁道和田垄一样又平又直，
远离铁道的田野却十分静寂，
只有天上的鸟群和地里的粪堆，
装点着北方的寒冷的春日。

我们五个人在车中纷纷议论，
有人说老孟泰真是能屈能伸，

他一辈子都生活在喧闹的工厂，
今天竟安居在这样偏僻的乡村。

有人说他年纪已六十挂零，
近年来又患高血压病。
能在这里休息休息也好呵，
他的健康实在是大家的欣幸。

关外的八里比十里还远，
看见村庄老到不了它的身边。
有人说这农场也和孟泰一样，
听见它的名声却见不了面。
疾行的车子终于到了村庄，
一个社员把我们引进农场：
“后面的房子是农场的办公室，
也是老英雄和工人住的地方。”

来不及敲门就闯进房中，
主人们放下工作笑脸相迎：
“是找我们的孟厂长吧？
他下地去了，请等一等。”

老实说，我们真有点扫兴，
这位英雄好象有意把人捉弄。
老年人的脚步难道比我们还快？

半个月一直问不明他的行踪。
我问："他经常住在这里么？"
脸色黝黑的场长答："难说，
他是我们炼铁厂的副厂长，
正在狠抓全厂的生活。"

我说："不是说他在休息吗？"
场长笑道："让他自己回答吧，
自从他到这里'休息'以后，
他领导了全盘，办酒厂、安马达……"

我们决心到地里与孟泰会晤，
场长送出门指给我们的去处。
中间有条河的木桥断了，
要坐车子去还得绕五里路。

车子重新在不平的马路上疾驶，
寥落的行人看着也有点惊奇：
这几个干部是检查春耕的吗？
此地的春耕还远远不曾开始。

在一座小山旁的岔路口外，
来了一个背书包的小女孩。
我们停下车子，向她问路，

她说：“连老英雄都找不到，真怪！”

她毫不留情地笑话我们的无用，
却用小手指了指小山以东：
“老英雄还到我们社里来过呢，
现在他跟工人叔叔正在那边劳动。”

车子又飞也似地向那里奔跑，
老英雄呵，这回总该把你找到。
老远就望见那活跃的一群，
走近些更看清那翻飞的锹镐。

有个戴皮帽的向我们走来，
我们想：这位或许就是孟泰。
他却喊道：“走上面那条路，
汽车可别往我们地里开！”

这哪里是孟泰老人的声音！
敏捷的动作表明他是青年人。
我们的车子一直开到他的身边，
他瞪着眼睛直劲儿对着我们出神。

我们说：“我们要会孟厂长。”
他的眼睛忽又发出和善的光：
“他刚才还在这里做生产计划呢，

现在又搭小火车回了农场。”

我们不住地向人群里寻觅，
哪里有什么老孟泰的影子！
这一批奋力劳动着的工人，
却为这空旷的田野带来了生气。

车子转回头向来路奔驰，
刹那间又在农场门口停止。
我们啪的一声推开屋门，
屋内空空，老英雄依然没有踪迹。

一位工人跟着我们进来了，
他说：场长出去时曾让他转告，
孟厂长的客人请到前院去，
他们正在查看牛羊和菜窖。

我们又回过头到了前院，
老英雄的巨影在阳光中出现。
呵，我们追踪了你几个小时，
到底亲自见到了你的容颜。

孟泰客气地跟我们打招呼，
又迈开他那并不利落的脚步，
“看看我们这个小农场吧，

去年建立的，还没有基础。”

“这是我们的两头奶牛。”
他一边介绍着一边笑着走。
“那个小的可混帐啦，
那些天差点顶坏个小朋友。”

“我们只有这么一群羊”，
他进羊栏就抱起小羊一双。
“这个羊倌是个好同志，
他把羊放得又白又胖。”

“这是我们的几个菜窖，
里面的白菜得几天一调。”
他扒着窖口往里望了望。
“灾荒年头，东西还是少。”

有位同志忽然郑重宣布：
“去看看我们的那些猪，
是孟泰同志亲自喂大的。”
说着，他就走到前头去领路。
这时候，我不能不提出一个问题：
“是不是你在这里休息？”
孟泰干脆地回答着：“是呀，

你看这里有多新鲜的空气。”

我使劲沁了沁这里的空气，
这空气并不芳香却很欢愉，
只要闻闻这里生活的甜味，
你就会感到春天已在此地定居！……

作者简介

郭小川，已在《向困难进军——再致青年公民》介绍。

作品简介

20 世纪 60 年代初，郭小川曾多次去鞍钢体验生活，创作了组诗《钢都颂》。其中这首叙事诗《追踪着老孟泰的脚步》，是以新中国第一代劳动模范孟泰为原型，描绘了他为国家钢铁事业奋斗的感人事迹。

孟泰（1898—1967），河北丰润县人，新中国第一代劳动模范，被誉为“高炉卫士”和“鞍钢的脊梁”。他曾多次获得全国劳动模范称号，并当选为第一、二、三届全国人民代表大会代表。作为大型轧辊研制的主要推动者，孟泰总结出“孟泰工作法”，填补了我国冶金史上的空白。2009 年被评为“100 位新中国成立以来感动中国人物”，2019 年，被授予“最美奋斗者”称号。孟泰用一生诠释了“爱厂如家、无私奉献、艰苦奋斗、勇于创新”的劳模精神，激励着无数劳动者为国家的繁荣富强而奋斗。

38

林区三唱·祝酒歌

郭小川

三伏天下雨哟，雷对雷；
朱仙镇交战哟，锤对锤；
今儿晚上哟，咱们杯对杯！

舒心的酒，千杯不醉；
知心的话，万言不赘；
今儿晚上啊，咱这是瑞雪丰年祝捷的会！

酗酒作乐的，是浪荡鬼；
醉酒哭天的，是窝囊废；
饮酒赞前程的，是咱们社会主义新人这一辈！

财主醉了，因为心黑；
衙役醉了，因为受贿；
咱们就是醉了，也只因为生活的酒太浓太美！

山中的老虎呀，美在背；

树上的百灵呀，美在嘴；
咱们林区的工人啊，美在内。

斟满酒，高举杯！
一杯酒，开心扉；
豪情，美酒，自古长相随。

祖国是一座花园，北方就是园中的腊梅；
小兴安岭是一朵花，森林就是花中的蕊。
花香呀，沁满咱们的肺。
祖国情呀，春风一般往这儿吹；
同志爱呀，河流一般往这儿汇。
党是太阳，咱是向日葵。

广厦亿万间，等这儿的木材做门楣；
铁路千百条，等这儿的枕木铺钢轨。
国家的任务是大旗，咱是旗下的突击队。

骏马哟，不用鞭催；
好鼓哟，不用重锤；
咱们林区工人哟，知道怎样答对！

且饮酒，莫停杯！
三杯酒，三杯欢喜泪；

五杯酒，豪情胜似长江水。
雪片呀，恰似群群仙鹤天外归；
松树林呀，犹如寿星老儿来赴会。
老寿星啊，白须、白发、白眼眉。

雪花呀，恰似繁星从天坠；
桦树林呀，犹如古代兵将守边陲。
好兵将啊，白旗、白甲、白头盔。

草原上的骏马哟，最快的乌骓；
深山里的好汉哟，最勇的是李逵；
天上地下的英雄啊，最风流的是咱们这一辈！

目标远，大步追。
雪上走，就象云里飞；
人在山，就象鱼在水。
重活儿，甜滋味。
锯大树，就象割麦穗；
扛木头，就像举酒杯。
一声呼，千声回。
林荫道上，机器如乐队；
森林铁路上，火车似滚雷。
一声令下，万树来归。
冰雪滑道上，木材如流水；

贮木场上，枕木似山堆。

且饮酒，莫停杯！
七杯酒，豪情与大雪齐飞；
十杯酒，红心和朝日同辉！
小兴安岭的山哟，雷打不碎；
汤旺河的水哟，百折不回。
林区的工人啊，专爱在这儿跟困难作对！

一天歇工，三天累；
三天歇工，十天不能安生睡；
十天歇工，简直觉得犯了罪。
要出山，茶饭没有了味；
快出山，一时三刻拉不动腿；
出了山，夜夜梦中回。

旧话说：当一天的乌龟，驮一天的石碑；
咱们说：占三尺地位，放万丈光辉！
旧话说：跑一天的腿，张一天的嘴；
咱们说：喝三瓢雪水，放万朵花蕾！
人在山里，木材走遍东西南北；
身在林中，志在千山万水。
祖国叫咱怎样答对，咱就怎样答对！

想昨天；百炼千锤；
看明朝，千娇百媚；
谁不想干它百岁！
活它百岁！

舒心的酒，千杯不醉；
知心的话，万言不赘；
今儿晚上啊，咱这是瑞雪丰年宣誓的会。

作者简介

郭小川，已在《向困难进军——再致青年公民》介绍。

作品简介

《林区三唱·祝酒歌》创作于1962年12月，当时郭小川作为《人民日报》特约记者前往黑龙江伊春林区，与林场工人同吃、同住、同劳动，深入了解林区工人的生活与奋斗。本篇为《林区三唱》中的祝酒歌，诗歌通过生动的描写展现了林区工人在艰苦环境中的豪迈精神和乐观情怀。

刻在北大荒的土地上

郭小川

39

继承下去吧，我们后代的子孙！
这是一笔永恒的财产——千秋万古长新；
耕耘下去吧，未来世界的主人！
这是一片神奇的土地——人间天上难寻。

这片土地哟，头枕边山、面向国门，
风急路又远啊，连古代的旅行家都难以问津；
这片土地哟，背靠林海，脚踏湖心，
水深雪又厚啊，连驿站的千里马都不便扬尘。

这片土地哟，一直如大梦沉沉！
几百里没有人声，但听狼嚎、熊吼、猛虎长吟。
这片土地哟，一直是荒草森森！
几十天没有人影，但见蓝天、绿水、红日如轮。

这片土地哟，过去好似被遗忘的母亲！
那清澈的湖水啊，像她的眼睛一样望尽黄昏；

这片土地哟，过去犹如被放逐的黎民！
那空静的山谷啊，像他的耳朵一样听候足音。

永远记住这个时间吧：1954 年隆冬时分。
北风早已吹裂大地，冰雪正封闭着古老的柴门；
永远记住这些战士吧：一批转业的革命军人，
他们刚刚告别前线，心头还回荡着战斗的烟云。

野火却烧起来了！它用红色的光焰昭告世人：
从现在起，北大荒开始了第一次伟大的进军！
松明都点起来了！它向狼熊虎豹发出檄文：
从现在起，北大荒不再容忍你们这些暴君！

谁去疗治脚底的血泡呀，谁去抚摸身上的伤痕！
马上出发吧，到草原的深处去勘察土质水文；
谁去清理腮边的胡须呀，谁去涤荡眼中的红云！
继续前进吧，用满身的热气冲开弥天的雪阵。

还是吹起军号啊！横扫自然界的各色“敌人”，
放一把大火烧开通路，用雪亮的刺刀斩草除根！
还是唱起战歌啊，以注满心血的声音呼唤阳春。
节省些口粮作种子，用扛惯枪的肩头把犁耙牵引。

哦，没有拖拉机、没有车队、没有马群……

却有几万亩土地——在温暖的春风里翻了个身！
哦，没有住宅区、没有野店、没有烟村……
却有几个国营农场——在如林的帐篷里站定了脚跟！

怎样估价这笔财产呢？我感到困难万分，
当我写这诗篇的时候，机车如建筑物已经结队成群；
怎样测量这片土地呢？我实在力不从心，
当我写这诗篇的时候，绿色的麦垄还在向天边延伸。

这笔永恒的财产啊，而且是生活的指针！
它那每条开阔的道路呀，都像是一个清醒的引路人；
这片神奇的土地啊，而且是真理的园林！
它那每只金黄的果实呀，都像是一颗明亮的心。

请听：战斗和幸福、革命和青春——
在这里的生活乐谱中，永远是一样美妙的强音！
请看：欢乐和劳动、收获和耕耘——
在这里的历史图案中，永远是一样富丽的花纹！

请听：燕语和风声、松涛和雷阵——
在这里的生活歌曲中，永远是一样的悦耳感人！
请看：寒流和春雨、雪地和花荫——
在这里的历史画卷中，永远是一样的醒目动心！

我们后代的子孙啊，共产主义时代的新人！
埋在这片土地里的祖先，怀着对你们最深的信任；
你们的道路，纵然每分钟都是那么一帆风顺，
也不会有一秒钟——遗失了革命的灵魂……

未来世界的主人啊，社会主义祖国的公民！
埋在这片土地里的祖先，对你们抱有无穷的信心；
你们的生活，纵然千百倍地胜过当今，
也不会有一个早上——忘记了这一代人的困苦艰辛。

是的，一切有出息的后代，历史珍视革命先辈的遗训，
而不是虚设他们的灵牌——用三炷高香侍奉晨昏；
是的，一切有出息的后代，历来尊重开拓者的苦心，
而不是只从他们的身上——挑剔微不足道的灰尘。

……继承下去吧，我们后代的子孙！
这是一笔永恒的财产——千秋万古长新；
……耕耘下去吧，未来世界的主人！
这是一片神奇的土地——人间天上难寻。

作者简介

郭小川，已在《向困难进军——再致青年公民》介绍。

作品简介

《刻在北大荒的土地上》创作于1962年，当时郭小川作为《人民日报》特约记者前往黑龙江北大荒视察。这首诗描绘了北大荒的艰苦环境和拓荒者们与大自然搏斗的艰辛，展现了北大荒人对黑土地的热爱和对未来的崇高理想。诗歌通过生动的描写和激昂的情感，歌颂了北大荒的建设者们在荒芜的土地上创造奇迹的伟大精神。

西去列车的窗口

贺敬之

40

在九曲黄河的上游，
在西去列车的窗口……
是大西北一个平静的夏夜，
是高原上月在中天的时候。
一站站灯火扑来，像流萤飞走，
一重重山岭闪过，似浪涛奔流……
此刻，满车歌声已经停歇，
婴儿在母亲怀中已经睡熟。
呵，在这样的路上，这样的时候，
在这一节车厢，这一个窗口
你可曾看见：那些年轻人闪亮的眼睛
在遥望六盘山高耸的峰头？
你可曾想见：那些年青人火热的胸口
在渴念人生路上第一个战斗？
你可曾听到呵，在车厢里：
仿佛响起井冈山拂晓攻击的怒吼？
你可曾望到呵，灯光下：

好象举起南泥湾披荆斩棘的镢头？
呵，大西北这个平静的夏夜，
呵，西去列车这不平静的窗口！
一群青年人的肩紧靠着一个壮年人的肩，
看多少双手久久地拉着这双手……
他们呵，打从哪里来？又往哪里走？
他们属于哪个家庭？是什么样的亲友？
他呵，塔里木垦区派出的带队人——
三五九旅的老战士、南泥湾的突击手。
他们，上海青年参加边疆建设的大队——
军垦农场即将报到的新战友。
几天前，第一次相见——
是在霓虹灯下，那红旗飘扬的街头。
几天后，并肩拉手——
在西去列车上，这不平静的窗口。
从第一天，老战士看到你们呵——
那些激动的面孔、那些高举的拳头……
从第一天，年轻人看到你呵——
旧军帽下根根白发、臂膀上道道伤口……
呵，大渡河的流水呵，流进了扬子江口，
沸腾的热血呵，汇流在几代人心头！
你讲的第一个故事：“当我参加红军那天”；
你们的第一张决心书：“当祖国需要的时候……”
“呵，指导员牺牲前告诉我：

'想到呵，——十年后……百年后……'"
"呵，我们对母亲说：
'我们——永远、永远跟党走！……'"
第一声汽笛响了，告别欢送的人流。
收回挥动的手臂呵，紧攀住老战士肩头。
第一个旅途之夜，你把铺位安排就。
悄悄打开针线包呵，给"新兵们"缝缀衣扣……
呵！是这样的家庭呵，这样的骨肉！
是这样的老战士呵，这样的新战友！
呵，祖国的万里江山！……
呵，革命的滚滚洪流！……
一路上，扬旗起落——
苏州……郑州……兰州……
一路上，倾心交谈——
人生……革命……战斗……
而现在，是出发的第几个夜晚了呢？
今晚的谈话又是这样久、这样久……
看飞奔的列车，已驶过古长城的垛口，
窗外明月，照耀着积雪的祁连山头……
但是，"接着讲吧，接着讲吧！
那杆血染的红旗以后怎么样呵，以后？……"
"说下去吧，说下去吧！
那把汗浸的镢头开呵、开到什么时候？……"
"以后，以后……那红旗呵——

红旗插上了天安门的城楼……”
“以后，以后……那南泥湾的镢头呵——
开出今天沙漠上第一块绿洲……”
呵，祖国的万里江山！……
呵，革命的滚滚洪流！……
“现在，红旗和镢头，已传到你们的手。
现在，荒原上的新战役，正把你们等候！”
看，老战士从座位上站起——
月光和灯光，照亮他展开的眉头……
看，青年们一起拥向窗前——
头一阵大漠的风尘，翻卷起他们新装的衣袖！
……但是现在，已经到必须休息的时候，
老战士命令：“各小队保证，一定睡够！”
立即，车厢里平静下来……
窗帘拉紧。灯光减弱。人声顿收。……
但是，年轻人的心呵，怎么能够平静？
——在这样的路上，在这样的时候！
是的，怎么能够平静呵，在老战士的心头？
——是这样的列车，是这样的窗口！
看那是谁？猛然翻身把日记本打开
在暗中，大字默写：“开始了——战斗！”
那又是谁呵？刚一入梦就连声高呼：
“我来了！我来了！——决不退后！……”
呵，老战士轻轻地走过每个铺位，

到头又回转身来，静静地站立在门后。
面对着眼前的这一切情景，
他，看了很久，听了很久，想了很久……
呵，胸中的江涛海浪！……
呵，满天的云月星斗！……
——该怎样做这次行军的总结呢？
怎样向党委汇报这一切感受？
该怎样估量这支年轻的梯队呵？
怎样预计这开始了的又一次伟大战斗？
……戈壁荒原上，你漫天的走石飞沙呵，
……革命道路上，你阵阵的雷鸣风吼！
乌云，在我们眼前……
阴风，在我们背后……
江山呵，在我们的肩！
红旗呵，在我们的手！
呵，眼前的这一切一切呵，
让我们说：胜利呵——我们能够！
……
……
呵！我亲爱的老同志！
我亲爱的新战友！
现在，允许我走上前来吧，
再一次、再一次拉紧你们的手！
西去列车这几个不能成眠的夜晚呵，
我已经听了很久，看了很久，想了很久……

我不能、不能抑止我眼中的热泪呵，
我怎能、怎能平息我激跳的心头？！
我们有这样的老战士呵，
是的，我们——能够！
我们有这样的新战友呵，
是的，我们——能够！
呵，祖国的万里江山、万里江山呵！……
呵，革命的滚滚洪流、滚滚洪流！……
现在，让我们把窗帘打开吧，
看车窗外，已是朝霞满天的时候！
来，让我们高声歌唱啊——
“鲜红的太阳照遍全球！……”

作者简介

贺敬之，已在《回延安》介绍。

作品简介

《西去列车的窗口》创作于20世纪60年代初，当时中国正处于社会主义建设时期，大批青年响应国家号召，投身边疆建设。这首诗通过描写西去列车上的场景，展现了青年们奔赴边疆建设的豪情壮志，以及老战士对新一代的关怀与期望。诗歌以“西去列车的窗口”为视角，生动地描绘了青年们对未来的憧憬和对革命事业的坚定信念，体现了贺敬之对劳动人民的深情歌颂。

山与水的神话
——诗记红旗渠（节选）

艾　敏

41

一条以红旗的红为底色的河流
静静地挂在山崖
它潺潺的流淌
　红了我的思维
　　红了我的想象
这是一片铁石心肠的山脉
它无情地挡住了漳河水的脚步
让山这边的田野和庄稼饱尝了干旱的凄凉
让一张张愁苦的脸上写满了旱灾的辛酸与悲怆

这是一片片贫瘠而不屈的土地
　这是一群群贫穷而倔强的村庄
为了让爹娘掀开锅能做饭端起盆能洗脸
为了让乡亲不再一生只洗三次脸
为了让田里的庄稼不再干瘪不再靠天吃饭
为了让妹妹不再为一顿年夜饭

大雪天挑着一担水
跑几十里山路翻几座山

这群瘦弱的百姓、大山的子民
把重重的决心砸在了坚硬的板石上
他们要和朝夕相依的雄伟的太行
来一场
生
死
较
量
——

一条以民工的血泪为底色的河流
一条以太行的巍峨为衬托的河流
1250 个山头像一个个碉堡 被一双双粗糙的手削平
152 座渡槽被一幅幅瘦削却如板石样坚硬的身躯架设
48 座水库 211个隧洞 364 座塘堰 2229 万立方米的土石方中
混合了多少民工和太行儿女的血泪和生命啊
1525 公里的水流呀
硬是被一锤一钎 凿穿！

这不是牛郎织女相会的天河
这是祖祖辈辈山里人盼来的救命水

这是一条挂在山崖上的万里长城！
这是一条挂在大山人心中的万里长城！
　　这河流
　　　　让充满血色的太行
　　　　为之惊愕为之感动为之让路
　　这河流
　　　　让天上的神仙
　　　　为之汗颜为之动容为之起敬

这是一座无言的丰碑
这是一篇山与水的神话
　它的每一块石头
　　都是一篇英雄的华章
　它的每一个皱褶
　　都是一首英雄的颂歌
红旗渠，这条缠绕在山间的红色飘带
　像一首无言的歌
　　流荡在历史深邃的记忆中

一条以红旗的红为底色的河流
一条让灵魂永远不会干涸的河流
一条曲曲弯弯挂在我们仰望中的河流
如一条弯弯曲曲的常青藤
　　时常抽打着民族的情绪
　　和我们想要弯曲的脊梁

作者简介

艾敏（1966—），当代诗人，现任安阳市总工会党组成员、副主席，河南省作协理事、安阳市作协名誉主席、安阳市职工作协主席，中国城市诗研究会常务理事、安阳诗歌学会常务副会长。曾获河南省首届短诗大奖赛一等奖，全国首届“殷商文化杯”诗歌大赛一等奖。出版《废墟上的梦》《山与水的神话》《暖流》等多部诗文集，主编诗选集《神农》《写在醒来的土地上》《爱情诗选》等。

作品简介

红旗渠是20世纪60年代，河南省林县（现安阳林州）人民为解决生产生活用水问题，在极其艰难的条件下，从太行山腰修建的引漳入林工程，被称为“人工天河”。本篇节选自作者的抒情长诗《山与水的神话》，以真挚的抒情手法，热情讴歌了林县人民在党的领导下“重新安排林县河山”，并创造了人间奇迹和“自力更生、艰苦创业、团结协作、无私奉献”的红旗渠精神的光辉形象，以饱满的激情和深邃的哲思礼赞了对红旗渠精神丰碑的敬仰和对美好明天的憧憬。

太空响彻《东方红》
——写在中国第一颗人造地球卫星升空之时

张　飙

42

春雷，在大地上鸣响
东风，在天矿中翱行！
　　此刻，正是
　　　　漫天红霞
　　　　旭日东升……

一阵阵雄壮的脚步
一声声嘹亮的晨钟
　　从哪里来的消息，
　　如此让人激动？

是北京，北京！
——一颗中国人的卫星
　　乘着中国人的火箭
　　升起在大戈壁的空中

有如山呼海啸
有如万马奔腾
　　带着排山倒海的威力
　　带着漫天卷地的春风
　　在太空中翱翔
　　在宇宙中跃腾
　　　　于是，一个时代的最强音
　　　　充满了太空
听，仔细听，认真听啊
　　东方红，太阳升……

一张号外
　　千双眼睛
　　　　一声广播
　　　　　　万人倾听
望一眼红旗，
　　满含热泪啊
　　　　喊一声祖国
　　　　　　无限深情！

华尔街的老板
　　你嗥叫吧！
假洋鬼子们
　　收起你的威风！

谁也挡不住，历史的车轮
　　如此飞快的运转
谁也挡不住，时代的脉搏
　　如此激烈的跳动！

中国人
　　——无比的自豪啊
中国人
　　——无上的光荣！
喊一声中国人
　　陌生人——真情相连
喊一声中国人
　　千里外——互通心声！

啊……
春雷一声响彻云霄
　　举国欢腾，普天同庆
　　敌人惊慌，朋友高兴
　　“一唱雄鸡天下白
　　一举红旗太阳升！”

啊……
中国声音响彻云霄
　　豪气满怀，正义满胸

欢呼跳跃，唱我激情
请看今日之中国，
已是东方之巨龙！

让我们记住这旋律吧：
东方红！
让历史记住这旋律吧：
东方红！！
让世界记住这旋律吧：
东方红！！！
让后代记住这旋律吧：
东方红！！！！

啊……
天安门前放声唱
天上卫星响回声：
东方红，太阳升，
永远跟着毛泽东……

作者简介

张飙（1946—）著名诗人、书法家。曾在成都电讯工程学院学习，1968年毕业后分配至工厂，1970年在解放军农场劳动，1972年调入共青团四川省委，曾先后担任《中国青年报》驻四川省记者、《中国青年报》副总编辑、《科技日报》总编辑等职。著有《张飙科海追星》等作品，文学作品曾获“全国优秀报告文学奖”“首届郭沫若诗歌奖”等奖项，书法作品多次在国内外展出。

作品简介

《太空响彻〈东方红〉——写在中国第一颗人造地球卫星升空之时》创作于1970年4月，当时张飙正在解放军农场学习、劳动。当天早晨，他从广播中听到了中国第一颗人造地球卫星“东方红一号”在太空中传来的《东方红》乐声，作为无线电大学的学生，张飙深知这一成就对国家的重大意义，他和同学们喜极而泣，随即写下了这首诗。这首诗表达了张飙对国家科技进步的自豪感和对时代最强音的颂扬，展现了中国人民在科技领域取得的辉煌成就和对未来的美好憧憬。

自 画 像

吉狄马加

43

风在黄昏的山冈上悄悄对孩子说话，
风走了，远方有一个童话等着它。
孩子，留下你的名字吧，在这块土地上，
因为有一天你会自豪地死去。
——题记

我是这片土地上用彝文写下的历史
是一个剪不断脐带的女人的婴儿
我痛苦的名字
我美丽的名字
我希望的名字

那是一个纺线女人
千百年来孕育着的
一首属于男人的诗

我传统的父亲

是男人中的男人
人们都叫他支呷阿鲁

我不老的母亲
是土地上的歌手
一条深沉的河流

我永恒的情人
是美人中的美人
人们都叫她呷玛阿妞

我是一千次死去
永远朝着左睡的男人

我是一千次死去
永远朝着右睡的女人

我是一千次葬礼开始后
那来自远方的友情

我是一千次葬礼高潮时
母亲喉头发颤的辅音

这一切虽然都包含了我

其实我是千百年来
正义和邪恶的抗争

其实我是千百年来
爱情和梦幻的儿孙

其实我是千百年来
一次没有完的婚礼

其实我是千百年来
一切背叛
一切忠诚
一切生
一切死

呵，世界，请听我回答
我——是——彝——人

作者简介

吉狄马加（1961—），四川省凉山彝族自治州人，彝族诗人，现任第十四届全国人大常委会委员、中国作家协会副主席。他的作品多以彝族文化为背景，融合现代诗学，展现了独特的民族文化与人类命运的思考。吉狄马加的诗集包括《初恋的歌》《火焰上的辩词》《大河》等，作品被翻译成近四十种文字，在国际上具有广泛影响。他曾获全国新诗奖、波兰雅尼茨基文学奖、“剑桥大学银柳叶奖”等多项荣誉。

作品简介

《自画像》是吉狄马加的代表作之一，创作于20世纪80年代初期。诗歌通过对彝族历史、文化和神话的描绘，抒发了劳动创造文明、奋斗书写生命与历史的情怀，表达了对民族精神的坚守与传承，同时也体现了诗人对生命、爱情、忠诚等人类共性主题的深沉思考。

第五十七个黎明

赵　恺

44

一位母亲加上一辆婴儿车，
组成一个前进的家庭。
前进在汽车的河流，
前进在高楼的森林，
前进在第五十六天产假之后的
第五十七个黎明。

五十七，
一个平凡的两位数字，
难道能计算出什么色彩和感情？
对医生，它可能是第五十七次手术，
对作家，它可能是第五十七部作品；
可能是第五十七块金牌，
可能是第五十七件发明。
可是，对于我们的诗歌，
它却是一片带泪的离情：
一位海员度完全年的假期，

第五十七天，
在风雪中启碇。

留下了什么呢？
给纺织女工留下一辆婴儿车和一车希望，
给孩子留下一个沉甸甸的姓名。
给北京留下的是对生活的思索，
年轻的母亲思索着向自己的工厂默默前行。

“锚锚”：多么独特的命名，
连孩子都带着海的音韵。
你把铁锚留在我身边，
可怎么停靠那艘国际远洋货轮？
难道船舶，
也是你永不停泊的爱情？
但愿爱情能把世界缩小，
缩小到就像眼前的情景：
走进建外大街，
穿过使馆群。
身边就是朝鲜，接着又是日本，
再往前：智利、巴西、阿根廷……
但愿一条街就是一个世界，
但愿国际海员天天回家探亲，
但愿所有的婴儿车都拆掉车轮，

纵使再装上，
也只是为了在花丛草地间穿行。

可是，生活总是这样：
少了点温馨，
多了点严峻。
许多温暖的家庭计划，
竟然得在风雪大道上制定：
别忘了路过东单副食商店，
买上三棵白菜、两瓶炼乳、一袋味精。
别忘了中午三十分钟吃饭，
得挤出十分跑趟邮电亭：
下个季度的《英语学习》，
还得趁早续订。
别忘了我们海员的叮咛：
物质使人温饱，
精神使人坚定……

这就是北京的女工：
在前进中盘算，
盘算着如何前进。
劳累吗？劳累；
艰辛吗？艰辛。
温饱而又艰辛，

劳累而又坚定：
这就是今日世界上，
一个中国工人的家庭。

不是吗？放下婴儿车，
就要推起纱锭。
一天三十里路程，
一年，就是一次环球旅行。
环球旅行，
但不是那么闪烁动听。
不是喷气客机，
不是卧铺水汀。
它是一次只要你目睹三分钟，
就会牢记一辈子的悲壮进军：
一双女工的脚板，
一车沉重的纱锭，
还得加上一册《英语学习》、
三棵白菜、两瓶炼乳、一袋味精。
青春在尘絮中跋涉，
信念在噪声中前行。
漫长的人生旅途上，
只有五十六天，
是属于女工的
一次庄严而痛苦的安宁。

今天，又来了：
从一张产床上走来两个生命。
茫茫风雪，
把母亲变成了雪人，
把婴儿车变成了雪岭。
一个思索的雪人，
一座安睡的雪岭。
雪人推着雪岭，
在暴风雪中奋力前行。

路口。路口。路口。
绿灯。绿灯。绿灯。
绿色本身就是生命，
生命和生命遥相呼应。
母亲穿过天安门广场，
长安街停下一条轿车的长龙：
一边是“红旗”“上海”“大桥”“北京”，
一边是“丰田”“福特”“奔驰”“三菱”……
在一支国际规模的“仪仗队”前，
我们的婴儿车庄严行进。
轮声辚辚，
威震天庭。

历史博物馆肃立致敬，

英雄纪念碑肃立致敬，
人民大会堂肃立致敬：
旋转的婴儿车轮，
就是中华民族的魂灵！

1980 岁末，风雪中的北京小关

作者简介

赵恺（1938—），祖籍山东兖州，当代著名诗人。1955 年毕业于南京晓庄师范，历任淮阴县农村小学教师、淮阴市税务所干部、淮阴市文化馆副馆长、淮阴市文联主席、江苏省作家协会副主席、《诗刊》编委等职。著有诗集《我爱》《赵恺诗选》《赵恺两卷集：诗雕公园·木笛》《共命鸟》、长诗《周恩来》等。作品多次获国内、国际奖励，入选《中国新文学大系》、教育部小学语文教科书及多种文学选本，并被翻译成多种外文。

作品简介

《第五十七个黎明》发表于 1981 年，当时诗人在北京小关的一个傍晚，看到了一位纺织女工推着婴儿车在暴风雪中艰难前行深受震撼，萌发了创作灵感。诗中通过描绘一位纺织女工在产假结束后的第五十七天推着婴儿车去上班的情景，展现了中国普通劳动者在生活中的艰辛与坚韧，以及他们在平凡生活中对未来的希望和信念。

45

给青岛造船厂

李小雨

我们造船，我们造船！
我们造能飞遍世界的翅膀和轻帆。
无数沉重的钢板落在我们脚下，
又锻打成无数柔软的羽毛和鳞片，
我们披挂起来了，我们就要出发，
要和海鸥、鱼儿一起穿过汹涌的海面，
在异国炎热或寒冷的港口，
在高耸或低洼的路边，
我们漂浮的陆地使整个世界都缩小了，
一抔黄土带来了黄河、长城的春天！
给我们翻译问候，
给我们翻译微笑，
阳光下只有一句不用翻译的语言
我们的船！

我们造船，我们造船！

我们造强大的轮机，平稳的甲板。
强大的轮机就是我们自身，
十亿双手臂，十亿张桨片！
十亿颗饱含了痛苦和希望的心脏输送着血液，
这红色的开采不竭的能源！
我们造的甲板是平稳的，
扑天的狂涛下孩子在酣睡，
风雨中仍有无数飘着奶味的摇篮。
我们熔铸、铆接、电焊，
在昨天搁浅的地方刻下永久的吃水线，
然后启航吧，
请把这一切都叫作明天：
胜利、意志、摇篮和
我们的船！

作者简介

李小雨（1951—2015），河北丰润人，当代女诗人。曾经历下乡插队、应征入伍，曾先后担任《诗刊》编辑、编辑部主任、常务副主编。著有诗集《雁翎歌》《红纱巾》《东方之光》《玫瑰谷》《声音的雕像》等。诗歌作品曾获全国第三届优秀新诗集奖、首届庄重文文学奖、第二届铁人文学奖等。

作品简介

《给青岛造船厂》创作于1982年，正值中国改革开放初期，工业发展蓬勃向上。青岛作为中国重要的造船基地，其造船业在这一时期迎来了新的发展机遇。李小雨通过这首诗，展现了工人阶级的自豪感和对工业进步的赞美，反映了当时中国在国际舞台上逐渐崛起的自信与决心。

巡 线 工

崔完生

46

把卷尺写成直尺的人在走
把单程写成往返的人在走
在路上
路看不见自己曾经的模样
他的迷惑从早到晚
他的丈量从春到冬
一直在燕雀飞翔的轨道
围着风的刻度在转

是怎样的风在吹
暗流涌动的大地上谁能守着路
把往与返折叠为一条直线
越来越模糊的脚印的上方
花期已不再现
顺着影子的方向
阳光的针芒从西到东扎满身体
没有舞者的聚光台前

没有听众的演出现场
一个人敲着大地
一个人撑着空间
绕过山，绕过水的巡线工
走在路上，走在径上
走在路径的方与圆的盘道
有暮鼓晨钟
他不知在何处抚遍

作者简介

崔完生（1969—），山西吕梁人，当代诗人，现就职于延长油田股份有限公司，中国作家协会会员，中国化工作家协会副主席。作品发表于《诗刊》《中国作家》《星星》《延河》等期刊，曾获得第六届柳青文学奖、中国作家协会“深入生活、扎根人民”主题实践先进个人等多个奖项。出版有诗集《挚爱者》《信天游的大地》《所有的可能都叫运移》《前尘》等。

作品简介

《巡线工》的灵感来自于作者对于生活的感悟。作者有很多朋友从事着巡线的工作，看见他们沿着管道的走向一天、一年、一辈子，就这样来来回回地走着，他觉得人生未尝不是如此？风花雪月、爱恨情仇都是路上的风景，只不过身心有时在局内，有时在局外，巡线工是我，是你，是所有的人，我们从早到晚、从春到冬，守护的是生活、生命。

赞美劳动

于坚

47

我赞美劳动
我赞美一个劳动者
他手臂上的肌肉鼓出来　抡动着锤子
他把黑炭砸碎　弓下腰去
几粒火种　脱离他粗糙的手
爆裂成一炉真正的火焰
火光　照亮了他的脸
把铁砧和整个作坊照亮
劳动　就这样开始
他干的活　是浇注一批铁链
他肯定用不着这些链子
他也不想　它们将有什么用途
这是劳动　一个冶炼和浇注的过程
说话的是手和工具
把一批钢坯投进火炉
浇注成另外一批
废弃的犁头　锤子

从燃烧的煤中出来　成为新的铁链
他的动作和表情没有任何与心情有关的暗示
他只是一组被劳动牵引的肌肉
这些随着工具的运动而起伏的线条
唯一的含义　就是劳动

作者简介

于坚（1954—），四川资阳人，当代诗人。曾当过铆工、电焊工、搬运工、农场工人、宣传干事等。1984年毕业于云南大学中文系，1986年发表成名作《尚义街六号》，引领了20世纪80年代新诗的口语化潮流。他的作品以口语写作风格著称，另著有《诗六十首》《于坚的诗》《对一只乌鸦的命名》等。曾获鲁迅文学奖、人民文学奖等。

作品简介

《赞美劳动》创作于1989年12月，当时中国正处于改革开放的深化阶段。工业化进程加速，社会对劳动价值的重视与日俱增。于坚通过这首诗，描绘了劳动者的辛勤工作，展现了对劳动的尊重和赞美，体现了诗人对劳动者的深刻理解和对劳动价值的肯定。

永遇乐·金山

陈景河

48

杭川大地，汀水缠绵。五龙欲飞，麒麟梦圆。金山倚此，擎闽西一片。历千万年，岩浆喷涌，携金带铜此间。宋康定，为献黄金，先辈心血无限。

勘探队员，四进三出，誓把青山踏遍。开山劈地，艰辛探索，奉金抱铜献。古往今来，多少心愿，紫金重任在肩。待来日，金山光芒，夺目耀眼。

作者简介

陈景河（1957—），福建永定人，当代诗人，教授级高级工程师，享受国务院政府特殊津贴专家，紫金矿业的创始人，带领团队将紫金矿业从一个小型矿山发展成为全球知名的矿业集团，在地质勘探和矿业开发领域取得了卓越成就，并多次获得国家科技进步奖，被誉为“有色金属的李四光”。

作品简介

《永遇乐·金山》是陈景河基于其长期在紫金山金铜矿的勘探、开发的经历而创作的诗歌。紫金山金铜矿位于福建上杭，是中国重要的金属矿床之一，陈景河在20世纪80年代初曾作为地质队员参与了紫金山的勘探工作。这首诗通过对勘探队员的赞美，展现了他们在艰苦环境中不懈努力的精神，同时也表达了对矿山未来发展的美好期待，它不仅是对紫金山的深情告白，更是对于矿业事业的热爱与敬畏之情的抒发。

码头上的风景

庞　培

49

整夜，一只起重机的吊臂升入夜空，
世事沧桑使街道变成遥远的声音。
船闸上灯火落泪，
黎明时天空飘蒙蒙细雨。

整夜，水手抛下缆绳，
江面上浪涛在吃力地翻身。
一名喝醉的乘客在舷梯倒下，
梦中的绿酒瓶呕吐出江水……

噢，粼粼波光酷似一个人混浊不堪的胆汁。
舱内的货物在剧烈震颤！
整夜，收音机微弱的音量时断时续，
值夜班的码头工人揉了揉他酸涩的眼球。

整夜，长江里轮船启动。
相爱的人一天天衰老。

作者简介

庞培（1962—），本名王方，当代著名诗人、散文家。曾做过造船厂的起重工以及电焊工、搬运工等，他的作品风格独特，融合了现代意识与古典气质，著有诗集《低语》《数行诗》《四分之三雨水》等。庞培的诗歌以细腻的笔触描绘江南的自然与人文景观，展现了对生活、劳动和时代的深刻思考。

作品简介

《码头上的风景》创作于1997年，是庞培对江南码头生活的诗意描绘。诗中通过对码头工人、轮船、江水等元素的描写，展现了劳动者的辛劳与生活的质朴。这首诗反映了庞培对江南水乡的深厚情感，以及他对工业化进程中人与自然关系的深刻思考。

修筑河堤的工人

陈亚平

50

他们从水流方向堆砌石头，挖土，面对面
窥望岸边几米的地方，在雾气下
力量方面的，水的几种
快速曲线的一系列冲射，晃动着，逐渐增大
此时，突现在他们视角前面的
是堤岸的，松软土层表面，那种凹陷

在他们脚印下，变形，垮下来
几排浪潮沿一边，机械地上升
碎裂的水沫正渐渐靠近
他们低俯的胸膛

流水与堤岸的上两层
他们伸出，弯曲手臂，笔直沿一条路线
在波浪撞击的中心，传递
平滑的石头，筐子，和口袋里面的细沙
在实际的、巨大障碍上面，他们仰着脸颊嚷叫

出声低沉而干脆
被填平的地势不高的小支流，左侧
河水在风中呼号而闪亮

作者简介

陈亚平（1957—），当代诗人，学者，中国文艺评论家协会新文艺评论工作委员会委员。他的作品风格独特，融合了哲学、美学与诗学，学术论著包括《内空间意识哲学导论》《文学过程学体系》等。陈亚平的诗歌创作注重对劳动、自然与人类精神的深刻洞察，其作品多次入选国内外诗歌选集。

作品简介

《修筑河堤的工人》是1999年作者为纪念成都府南河所创作的，旨在赞美那些为保护生态环境、美化城市面貌而辛苦劳作的修筑河堤的工人们。

工厂的声音

张笃德

51

身在其外是听不到的
我用近二十年的时间
俯下身子、低下头倾听
跪下双膝、把耳朵置于工业的胸膛
倾听，才隐约听到一些工厂的声音

这声音从白天响到夜晚
从夜晚响到黎明
不是被麻木的不以为然
就是习惯中成了生命的一种律动

有时是单一的
天车的窗口里探出一张抹着油泥的脸
随即一串清脆的响铃在厂房里流动
有时是复杂的
乒乒乓乓夹杂着嘈杂和鸣叫
像生活中的厮打和争吵

有时是有形的，譬如
工厂的夜里富有节奏的声响
像亲人打着鼾声睡眠
有时是无形的，隐秘
细小或者巨大、突然
绷紧的神经在忙碌和变化中不得安宁

我更在意上下班时自行车欢快的铃声
还有一身轻松地哼着小曲或吹响的口哨
喜欢走进厂门时，听年轻女播音员
甜甜的问候和配乐诗朗诵

究竟什么才是工厂的声音呢
离开厂区，工友们送别的话语
从厂房里急三火四地喷涌出来
高一声、低一声
在钢铁间撞击出火花
少女尖细的嗓音从天车上
慢一阵、紧一阵地尾随你
在设备间折过来，转过去
穿透血肉与筋骨
如同蜂鸟不停地向你袭来
汹涌的潮汐般拍打你的胸膛
直至把你的泪水从眼眶里推搡出来……

作者简介

张笃德（1964—），笔名竹马，抚顺人，在工厂工作十八年，致力于工业诗歌创作。中国作家协会会员。他的作品多次发表于《人民日报》《中国作家》《人民文学》《诗刊》等权威刊物，著有《竹马诗选》《一个人的生命能走多远》《最后的工厂》等诗集。其中《最后的工厂》获得中国作协定点深入生活项目扶持，参评第七届鲁迅文学奖，荣获第十届辽宁文学奖。

作品简介

《工厂的声音》是张笃德“工厂系列”诗歌中的一首。这首诗紧紧抓住工厂里的声音，通过细腻的情境描写，像剥洋葱一样一层层揭示不同生产过程的艰辛，以及工人忠于职守的敬业和牺牲精神。作者身在其中，对工厂和声音拟人化处理，不断变化推进，时而沉重、时而愉悦，动如脱兔，静似歌吟。展现了劳动者质朴而炙热的情怀、深深的工业恋情。工厂里的机器设备被赋予了思想情感，具有了人性的温暖和光辉。

地心的蛙鸣

老　井

52

煤层中像是发出了几声蛙鸣
放下镐仔细听却不见任何动静
我捡起一块矸石扔过去
一如扔向童年的柳塘
但却在乌黑的煤壁上弹了回来
并没有溅起一地的月光

继续采煤一镐下去
似乎远处又有一声蛙鸣回荡……
（谁知道这辽阔的地心绵亘的煤层
到底湮没了多少亿万年前的生灵
天哪没有阳光碧波翠柳
它们居然还能叫出声来）
不去理它接着刨煤
只不过下镐时分外小心怕刨着什么东西
（谁敢说那一块煤中
不含有几声旷古的蛙鸣）

漆黑的地心我一直在挖煤
远处有时会出几声深绿的鸣叫
几小时过后我手中的硬镐
变成了柔软的柳条

作者简介

张克良（1968—），笔名老井，江苏人，曾常年从事建筑工与煤矿井下工作，安徽作协及中国煤矿作协理事、安徽当代诗歌研究会副会长、淮南市作协副主席。获得过首届中国新诗发现奖，第二届白居易诗歌奖，第二届桂冠工人诗人奖，2019—2020安徽社科奖（文学类），第七届、第八届全国煤矿文学乌金奖等。出版过诗集《地心的蛙鸣》和《坐井观天》。

作品简介

这首诗的创作来源于作者在矿井工作时的生活。他想在世界上没有诗意的地方找到诗意，在最缺少浪漫之处发现浪漫，进而建立一线劳动者的尊严。当他在用轮镐刨煤时，想到煤是由亿万年前的森林或者池泥转化而来的，进而又想到了其中的动物，再次干活时仿若耳畔就有了蛙鸣的回荡。他希望借此能发现工作之外的东西，为自己和所有辛劳的人们做个忠实的记载和见证。

为劳动的汗水歌唱

阿古拉泰

53

这是芬芳的五月
露珠像星星一样在草叶上闪亮
这是劳动者光荣的汗水
这是牧马人追赶了十个世纪的太阳

春天的阳光守望奔走的河流
好像一粒粒草籽饱含着土地的热爱
汗水在高原的深处默默发芽
带着母亲的期待带着勒勒车的向往

像五月像百灵鸟奋飞的翅膀
青草的波浪一遍遍拍打着梦的远方
五月的雨点追赶着春天的脚步
劳动的大手轻轻掬起一颗水晶的汗珠

在缤纷的牧场
乳香总是伴随着汗水一起奔流

在浩瀚的大漠
跋涉的汗水从没有放弃绿的渴望

所有劳动的汗水都是宝贵的珍珠
即使满面沙尘汗水也总是那么清澈透明
细细体味劳动是多么幸福的事情
抵达成功最近的距离只有蜿蜒的汗水

南来北往的列车轮轴是它的心脏
一把铁锤不停地敲打像一颗心为时代跳荡
车轮飞驰静默的铁轨就是速度的脊梁
汗水与汗水焊接才使这钢铁的身躯不断延长

在牧草的深处有一位英雄的牧人
身为将军的儿子他把牧场当作了疆场
像一株牧草回归着草原本真的绿
他的汗水无言汗水是一个民族的荣光

一双双劳动着的手
让我们的幸福渐次长高
一颗颗咸涩的汗珠
是我们心中最美最美的珍藏

为一滴滴晶莹的露珠歌唱

为一颗颗闪亮的星辰歌唱
为阳光下所有劳动的汗水歌唱
人类从不吝惜又分外珍惜这珍珠的光芒

作者简介

阿古拉泰（1957—），内蒙古自治区科尔沁左翼中旗人，蒙古族诗人、作家、文化学者，一级文学创作、编审、一级作词。历任中国作家协会全委会委员、中国诗歌学会副会长、内蒙古文联副主席、内蒙古作协副主席、内蒙古诗歌学会会长、内蒙古文史馆馆员、内蒙古大学驻校作家、内蒙古民族大学驻校诗人。著有诗文集19部，主编近千万字的文选，作品多次获国家和自治区级奖励，以多种文字译介到国外。享受国务院政府特殊津贴、内蒙古自治区杰出人才奖、突出贡献专家、五一劳动奖章、德艺双馨文艺家等称号。

作品简介

劳动，多么光荣的字眼儿；汗水，闪耀着人类文明的光辉。在草原深处，有一位牧民，他的名字叫廷·巴特。他是共和国将军的儿子，他把毕生的爱献给了草原，把将军的绿还原为草原的绿。像一棵草一样，在牧场上生根发芽，安家落户，娶妻生子，带领广大牧民种草致富，成为全国劳动模范。这首诗，就是因为廷·巴特的人生理想与光荣汗水，给了诗人感动和灵感而创作的。

咏　煤

高洪波

54

本来就属于火
为光明而生
为炽热而长
为欢乐而歌
曾是有年轮的生命
枝叶扶疏着
鸟吟鹿鸣着
有远古的蝉和蜜蜂
伴着风声穿越过叶片
忽一日地壳变迁
绿色隐入黝黑
森林化为煤层
只留下晶莹的煤精
还有大粒大粒的琥珀

把大森林久远的怀念
一一诉说

哪一座煤矿
哪一座竖井
不都是绿色和阳光
另一种形式的集合？
在幽深的矿井下
在煤层的包围中
一群挖掘和开采
时代热能的勇敢者
用一顶如豆的矿灯
照亮跟前的路和掌子面
他们的汗晶亮亮地
闪烁在鼻尖
他们的黝黑是煤的黝黑
他们的光泽是煤的光泽
他们的心灵能容纳森林
他们的手上托起一条大河
能源之河汩汩流淌
还有急需灌溉的青苗
小学校晚自习的灯火
养老院里的空调
正驱走夏日的炎热
以及加工厂里急速旋转的马达
以及飞速奔驰的列车……
所以，此时此刻

我想说：挖煤的人
是大写的强者！
目光如炬
胸襟开阔
挖煤的同时也挖掘自己
无尽的潜能
拼搏的性格
有诗情和画意
在智慧的目光中闪烁
有歌声和旋律
伴随着共和国每一天的
黎明之歌
敬礼！祖国的挖煤者……

作者简介

高洪波（1951—），笔名向川，内蒙古开鲁县人，毕业于北京大学中文系。中国著名诗人、散文家，曾任《文艺报》新闻部副主任、《诗刊》主编、中国作家协会副主席等职。他的创作涵盖诗歌、散文、儿童文学等多个领域，作品风格多样，既有童心的趣味，又蕴含深刻的哲思。

作品简介

《咏煤》是一首赞美煤矿工人及其劳动精神的诗歌。作者通过这首诗描绘了煤炭从远古森林到现代矿井的转变过程，深刻表达了对煤矿工人无畏勇气和辛勤付出的敬意。诗歌不仅展现了煤炭作为光明与炽热的化身，还象征着劳动者的力量与希望，体现了对劳动者的崇高敬意和赞美之情。

生如胡杨

阿　紫

55

朋友，让我们穿越亘古的洪荒
穿越钢筋水泥筑就的屏障
脱去红尘华美的衣裳
赤裸着我们的双臂
赤裸着我们的胸膛
一起去大漠
去跪拜千年不死，千年不倒，千年不朽的胡杨

你看那戈壁荒漠，沙粒飞扬
你听那风沙呼啸，肆虐恃强
而胡杨却在沙漠上站成了一道永恒的风景
一座永恒的雕像
他孤独地承接荒漠的风剑刀霜
用无悔的守望，执着地生长生命的渴望
他努力地深扎根系，努力地繁衍梦想
他高昂着枯竭而扭曲的肢体，仰天高歌
与自然、与生死较量

用自己感天动地的悲壮
昭示生命的律动、生命的坚强和生命的歌唱

你也许在为患得患失黯然神伤
你也许在奔波的路上迷失了心海的方向
你也许在物欲横流中浮躁了深邃的思想
你也许在世俗的纷扰中无法抑制膨胀的欲望
那你就来大漠
看一看寸草不生的戈壁滩
看一看生长在戈壁滩上高傲的胡杨
你会瞬间悟出
生命不在于昼短夜长
而是每个章节
都要尽显英雄气概，尽显精彩和辉煌
都要活得筋骨铮硬，都要活得凛然豪放

也许有一天
胡杨也会倒成一弯古道，一抹斜阳
但胡杨不倒的精神
永远会激励我们的英勇顽强
永远会激发我们挑战苦难
战胜命运的勇气和力量

朋友，让我们用胡杨撑起的希望

对抗风霜，对抗雨雪
对抗生的迷茫
对抗死的恐慌

做人：
生如胡杨，千年不死！
死如胡杨，千年不倒！
倒如胡杨，千年不朽！

作者简介

阿紫（1967—），黑龙江人，中国当代著名诗人、词作家、朗诵表演艺术家。中国广播电视社会组织联合会文化艺术视听传播委员会副会长、北京经济技术开发区作家协会副主席。全国大型公益活动“百城万人读中国”、中国侨联文化项目“我为母亲写首诗”发起人，书香北京评选优秀推广人，全国朗诵大赛评审专家，在国内外举办个人诗歌专场朗诵会千余场。出版文学专著《阿紫诗歌朗诵集》，代表作有《生如胡杨》《读中国》《英雄》等。

作品简介

《生如胡杨》创作于2004年。这首诗是阿紫第一次来到新疆兵团时，被胡杨“千年不死、千年不倒、千年不朽”的精神所震撼而创作的。她以胡杨为象征，表达了对生命坚韧与顽强的赞美，激励人们在困境中坚守信念，追求精彩人生。这首诗发表后，便被广泛传诵。

56

青藏铁路建设纪行

牛庆国

1

那时车站还没有建起来
我们无法走进小屋
躲一躲这场突如其来的大雪
站在比唐古拉更高的一面红旗下
我们像垒在旗杆下的几块石头
仰视了一阵
那火红就在我们的心里
温暖了起来

2

在当雄的藏族小学里
老师给孩子们说
等你们长大了
我们到格尔木看树去

在安多的铁路工地上
一对热恋的民工说
等结婚那天
我们到格尔木看树去

在风火山的隧道指挥部里
满头花发的老总工
在工程进度表的最后一栏写着
到格尔木看树去

到格尔木看树去
到格尔木看树去
格尔木的树
到底有多好看呢

3

今夜的星辰格尔木的青盐
沱沱河的银碗里
雪水泡出的藏蓝有点咸

现在几点了
青藏铁路建设工地上的灯还亮着
那是来自世界屋脊

闪闪烁烁的消息

4

青藏铁路铺轨到那曲的那天
一场大雪
覆盖了藏北草原
铁轨分开的雪地
像巨大的白色翅膀
就要把整个青藏高原
带着飞翔起来

作者简介

牛庆国（1962—），甘肃会宁人，甘肃省作家协会副主席、甘肃日报高级编辑。牛庆国的诗歌风格质朴而深刻，多聚焦于西部乡土与劳动人民的生活，著有诗集《热爱的方式》《字纸》《我把你的名字写在诗里》等。他的作品多次获得甘肃省敦煌文艺奖、黄河文学奖等奖项。

作品简介

《青藏铁路建设纪行》创作于青藏铁路建设期间，铁路的建设面临高寒缺氧、生态脆弱等世界性难题，但中国建设者们克服重重困难，展现了“挑战极限、勇创一流”的精神。

领潮（组诗）

鲁冠球

57

心境豁达

把我们的国家放在地图上，只是一块。
把我们的城市放在地图上，只是一个点。
把我放在地图上，都找不着。
又何必争名夺利？
从容来自一种俯视的心态。
在天地山水间，我们感受自然的博大和安宁，
心灵也无数次被震撼、被撞击、被感动。
用一种平和的心态，面对周遭的一切。

争当勇士

人生如屋，信念是柱，柱折屋塌，柱坚屋固。
风声雨声读书声，声声入耳。
家事国事天下事，事事关心。

风声雨声悲叹声，枉此一生。
险事难事天下事，争当勇士。

定叫沙滩惠世人

江边挂晒真似锦，
短歌长叹无人问。
有朝一日听我令，
定叫沙滩惠世人。

作者简介

鲁冠球（1944—2017），浙江萧山人，万向集团创始人。1969年创办万向集团前身——宁围公社农机修理厂，带领万向从一家乡村铁匠铺逐步发展成为致力于机械工业和清洁能源的跨国集团。曾获得“全国劳动模范”“时代领跑者——中华人民共和国成立六十年最具影响的劳动模范”“改革先锋”“最美奋斗者”“全国优秀共产党员”等国家级荣誉，并进入全球汽车行业最高荣誉殿堂美国“汽车名人堂”，是中国企业获此荣誉的第一人。

作品简介

本组诗摘自著名作家陈冠柏著《领潮：鲁冠球传》，体现了鲁冠球以开阔的视野看待人生，以坚定信念和勇气面对困难的品格，展现出强烈的责任感和使命感。

梦中的矿山

郭明义

58

一位退休老工人，拄着拐，在儿子、孙子的搀扶下，来到了他工作了一辈子的矿山。他抚摸着刚刚采掘出来的红褐色的、发烫的矿石，流下了两行深情的泪。

太熟悉你了。闻着你的清香，踏着你那富有节奏的韵律，静悄悄地来到你的身旁。脸紧贴着你，身紧靠着你，一伸手就能摸到你。岁月如诗、如画、如歌，伴随着你我他，矿山走过了无数个不眠的夜晚。

矿山在变。隆隆的炮声，似春雷，敲响了“打造世界级铁矿山企业”的震天锣鼓。

矿山的人在变。现代化的设备，在有知识的新一代矿工手里，用电铲那粗犷的手臂，捧出块块乌金，送到钢厂，锻造出强大，冶炼出尊严。电机车、电动轮、钻机、计算机欢歌笑语，编织着矿山明天美好的蓝图。

太熟悉你了。呼吸着你的空气，听着你的赞歌，神圣美好的乐曲，心中仿佛有一种不能改变的庄严。

躺在你的怀里，听着你述说那惊心动魄的撞击。是你托起了太阳，也托起了想着你、爱恋着你的矿工。

矿山，我站在你的脚下，我仰视着你，默默祝福着你。

矿山，我梦中的故乡，我爱你，我的血管里流淌着的是你的血。你似太阳，给我力量，给我温暖。

你又似我再生父母，给我生活的勇气，给我创造的动力。我离不开你啊，梦中我常常呼唤着你的名字：矿山。

作者简介

郭明义（1958—），辽宁鞍山人，中共党员，鞍钢集团矿业公司齐大山铁矿生产技术室公路管理业务主管、中华全国总工会兼职副主席。他以爱岗敬业、无私奉献著称，被誉为“当代雷锋”，先后荣获全国优秀共产党员、全国五一劳动奖章、全国道德模范等称号。郭明义热心公益事业，无偿献血6万多毫升，资助180多名特困学生，发起成立“郭明义爱心团队”，带动更多人投身公益。

作品简介

《梦中的矿山》创作于郭明义在鞍钢矿业公司工作期间，诗歌展现了作者对矿山工作的执着、对矿山的深厚情感和对矿山发展变化的欣慰与自豪，表达了对矿山的热爱和对工人阶级精神品格的礼赞。

咱们农民工

巨晓林

59

咱们农民工，
勤朴又善良，
一有那农闲时，
出门去打工。

咱们农民工，
工人的好弟兄，
手拉着手来肩并肩，
共同建设新家园。

咱们农民工，
身手也不凡，
开启那机器轰轰响，
造出精品走四方。

咱们农民工，
农民工，

新时代的人，
农民工，
吃苦奉献的人，
农民工，
祖国建设不可缺少的人。

作者简介

巨晓林（1962—），陕西岐山人，中国中铁电气化局集团第一工程有限公司第六项目高铁分公司接触网工、中国中铁工匠技师、中华全国总工会兼职副主席。他从一名普通农民工成长为知识型新型工人、农民工楷模，先后荣获全国五一劳动奖章、全国劳动模范、国家技能大师、改革先锋、最美奋斗者等称号。巨晓林不仅在技术上有所创新，还热爱文学创作，写下了大量日记和诗歌，展现了新时代工人的精神风貌。

作品简介

巨晓林的诗歌创作多源于他的亲身经历和对农民工群体的深刻理解，这些作品不仅记录了巨晓林的个人成长，也反映了中国农民工群体在改革开放进程中的奋斗历程和精神风貌。

宝山钢铁

陈　仓

60

呼唤一粒粒沙子
集合一粒粒沙子
他要用上千度的火焰
洗净沙子的身体
洗净沙子的灵魂
出浴之后，千千万万
细碎的沙子纯洁地融为一体
犹如一条最硬的汉子
没有一点杂质
没有一丝裂缝
哪怕梅雨季节，在他的心中
也看不到一丝锈迹

他有时候化作一把剑
握在我们手中
他有时候化作一面墙
为我们遮风挡雨

他有时候化作一对翅膀
带着我们一起飞
更多的时候
他化作一根坚硬的骨头
让我们在风风雨雨中
挺起坚强的腰杆
让我们在冷冷暖暖中
保持着向上的姿势

一粒粒沙子，在一团火周围
团结起来，就是钢铁的力量
如果每一根钢铁都从生活中撤退
我们不敢想象
我们的民族、家和目光
哪怕就是一把不起眼的钥匙
靠什么支撑

作者简介

陈仓（1971—），原名陈元喜，陕西丹凤县人，当代诗人、小说家。上海市普陀区作协副主席。主要作品有诗集《诗上海》《艾的门》《醒神》等。他的作品曾获得过鲁迅文学奖、柳青文学奖、三毛散文奖、冰心散文奖等重要文学奖项。

作品简介

《宝山钢铁》创作于2009年，是陈仓以宝钢建设为背景的诗歌作品。宝钢是中华人民共和国成立以来引进技术最多、装备水平最高的现代化大型钢铁企业，其建设历程凝聚了几代钢铁人的奋斗精神和国家工业现代化的追求。陈仓通过这首诗，以沙子转化为钢铁的过程为隐喻，象征了工人阶级的团结和力量，以及他们在国家建设中的重要作用。诗歌中的“钢铁”不仅是物质的，更是精神的，代表了坚韧不拔、勇于承担的民族精神。

矿山脊梁（节选）

李保林

61

号角响起
我的矿山
以一种矫健的姿态
舒展

人说矿山
是后羿射落的太阳
历亿万斯年
演绎成黑色的图腾

人说矿工
是夸父在代代传承
踏着先祖的脚印
于千米井下
追着光明

夸父般的脚步

和着弟兄们
爽朗的笑声
在地球深处
动听地和鸣

逐日者的身影
和着弟兄们
掘进的姿势
在掌子头
优雅的造型

远古的诗史
被矿工一页页打开
洪荒的遗迹款款而来
我的可歌可泣的兄弟
用挺直的身躯
用夯实的臂膀
用喷薄的力量
撑起矿山的脊梁

作者简介

李保林（1970—），河南南阳人，中国石油和化学工业联合会作家协会副主席，平顶山市作家协会副主席，现任河南易成新能源股份有限公司党委副书记，曾任中国平煤神马集团党委宣传部副部长，《中国平煤神马报》总编辑。

作品简介

矿工白国周长期致力于班组安全管理，总结了一套行之有效的安全管理方法，2009年新华社以《国内动态清样》报党和国家领导人，时任国务院领导批示“要认真总结白国周班组管理法”。后国家五部委联合发文，在全国能源化工行业全面推广。白国周陆续获评全国五一劳动奖章、全国劳动模范。为此，作者创作了7000行长诗《矿山的脊梁》，本作品为节选。

永恒的记忆

叶小平

62

诗见：我之所以爱上诗，是因为在年幼感到茫然的日子里，是背诵着“人不能低下高贵的头”而活过来的，与刑场上的壮士相比，我们今天付出的代价太小了。多少人为了人的尊严而坚毅地奋斗着，有了他们，我才感到了世界的可爱，于是，我也写诗……

大浪淘沙
漂白了多少张无花无果的日历
日月飞逝
流失了多少个花红柳绿的季节

当黄昏走进子夜
忍不住寂寞的钟声
从远处的小巷传来
惊醒我记忆深处的白鸽
扑腾腾一起飞向幽静的夜空
于是

所有恨的悲歌和爱的欢唱
拥挤在我易于激动的喉头
流向无垠

风打雨锤，日晒汗浇
炼铸成一身强筋铁骨
吃苦耐劳就成了我最大的资本
我懂得开垦和泥土是忠实的伴侣
只要勤于耕耘
丰收定会到来

难免也有歉收的时候
那又算得了什么
明天，明天，明天……
我仍勤勤恳恳地耕耘
我坚信大地不会欺骗种子
阳光走过的地方花草一定茂盛

命运
把我从一个又一个急浪中抛出
我曾想闭上双眼
等待下一个恶浪劈头盖顶
覆没我的生命
我听到了与漩涡搏斗的悲壮呼号

激励起我全身的每一个细胞
我看见天上有美丽的鸟儿飞过
唤起我想跟它们走的欲望
原来，悲壮的呼号和美丽的鸟儿
我是那样热爱
终于，拼尽母胎中所有的气力
重新在风浪中挣扎

从此
我从时间的流水线上
纵览人类生活的风景
一张张熟悉和陌生的脸
那色彩丰富坚毅沉着的颜面
装饰了世界这幅美丽的画
我渐渐懂得
生活中最壮丽的彩霞
就是与厄运作争斗溅起的浪花
沉溺者也许不全是自己的缘故
世界这幅永不褪色的画
并不会因此而减色

我总是带着地震般的心情渴望
每天每日能看到天上飞过的鸟群
每时每刻耳畔鸣唱着欢乐的歌声

时间的流水上
生命的流水线上
人类这幅油画上
时常有和谐的奏鸣曲
一切的真善美
都立体地呈现在每个人的眼前

因此
我总认真审察
自己生命脉搏跳动的每一个音符
是否符合这阕乐章的旋律
生怕自己的歌喉
扰乱了别人的梦境
（尽管我唱得是那么真诚）

每天，每天的深夜
洁白如水的灯光
清洗我一天的思想
在笔记本上坦然地写下
可以告慰于自己心灵的诗句
（不管它能不能飞向人间）
唱给一切愿意听我歌唱的人
让他们去审视我的灵魂
倘若，有一天我突然消失

永远无声无息地消失了
那就留给历史
留给历史去考证

作者简介

叶小平（1956—2023），浙江桐庐人。从农民到工人，再到创办工厂，他一生热爱文学和诗歌，写下了大量诗歌作品。2023年病逝后，其女儿叶梦雨在整理厂房时意外发现了他留下的大量诗稿、日记和随感，引发媒体广泛关注报道，其诗歌遗作由中国工人出版社以《我们劳作在大地上》为诗集名出版。叶小平以其农人和工人的双重经历，用一生写下无名者的诗篇，在个人与时代、苦难与尊严之间架起一座诗意的桥梁，将个人记忆升华为一代劳动者的集体史诗，成为百年中国劳动者精神的见证。

作品简介

《永恒的记忆》是叶小平诗歌的代表作品之一。诗歌以“大浪淘沙漂白了多少张无花无果的日历”开篇，将时间流逝与劳动者命运熔铸一体，充满历史纵深感。诗歌用自然意象和工业符号交织，以质朴的表达给人强烈的画面感，硬朗的笔触下暗藏柔情。“强筋铁骨”是对劳动躯体的礼赞，“恶浪劈头”是与命运搏斗的悲歌，也是劳动者在时代浪潮中挣扎前行的真实写照。诗中“大地不会欺骗种子”的信念，是对劳动价值的终极信仰，既是农人对土地的赤诚，也是中国工人阶级对时代的应答，更传达出始终向上的生命力。

中国梦·劳动美

朱　海

63

当五月的春风　吹开所有待放的花蕾
争奇斗艳的美景　徜徉中的你　也应该为这季节陶醉
因为每一朵花开　都有你浇灌的汗水
多少年了　我一直把你默默地追随
今天　我要站在这个舞台上
大声喊出你的名字——光荣的劳动者
喊你　是为了告诉你
你比所有的春天都要美！

你比春天都要美——
因为　你定制了中国道路辽阔之壮美
当嘹亮的汽笛　穿越世界屋脊　路过我藏胞的家门口
一条跨世纪的青藏铁路啊　与爱相随
你的汗水　让雪域高原的吉祥金顶　熠熠生辉
这是人类历史上开天辟地的第一回
因为　你的高度　你的险峻　你的艰难
让所有的后来者都震撼地感叹

追梦者的足迹真美!

你比春天都要美——
你锻造了中国精神惊世之大美
走在三峡大坝巍峨耸立的怀抱里
我激动的心久久回味
那穿越万里长江不歇的光电啊
如同当年燧人氏取火　以光明的名义
再次向地球奉上清洁的能源美

一座又一座万家灯火的新城镇　拔地而起
一个又一个现代创意产业区　展翅高飞
你的智慧　让“中国制造”向“中国创造”的历史巨变
乘着一日千里的浪花速度　叩开未来的心扉
让所有的观望者都发出感叹
筑梦者的境界真美!

你比春天都要美——
你汇聚了中国力量创新之完美
我在戈壁大漠　聆听你　遥远的太空传来的乡音萦回
我在蓝色海洋　见证你　和平的驰骋伴随着战舰神威
我在万里铁道　寻找你　最快的动车一日千里的足迹
我在世界各地　品味你　你产品的时尚你创意的精美
当我们的祖国　每一寸土地都变成创新的出发地

我相信　那一天　整个地球都会说
圆梦者的拼搏真美！

一个激荡百年风云的中国梦
因为劳动者的奋斗　道路百折不回
一个追逐民族复兴的中国梦
因为劳动者的创造　生活越来越美
从王铁人振臂一呼　把中国的贫油帽子扔进太平洋
到许振超的创新工作法　让世界同行敬畏
从时传祥身背粪兜　宁愿一人脏换来万家净
到郭明义献血善举　帮助失学儿童返回校园的明媚

有人说　做一个劳动者太苦太累
总幻想一夜暴富　等待着天上掉下个馅饼的机会
也有人　看不起简单重复的劳动
怕那样的生活会落伍时代　耽误自己　青春后悔
朋友　我想给你一个不同的答案——
朋友　我想给你一个真实的答案——
这个答案连接历史
这个答案通向未来
这个答案来自今天现场的各个劳动者方阵
这个答案来自今天现场挂满奖章的劳模们
请听吧！请听吧！请听吧！
中国梦　劳动美！

作者简介

朱海，策划人，词、诗、剧作者。代表作有歌剧《先行者》《银杏树下》，“奋斗三部曲”之《命运》《道路》《奋斗》，诗作《相约第一百个春天》《祖国万岁》《信念永恒》《致敬人民》，词作大型交响套曲《黄河入海》（作曲：关峡），《簕杜鹃与金莲花》（作曲：孟卫东），歌曲《不忘初心》《今夜无眠》《壮丽航程》，京剧《七个月零四天》，舞剧《花木兰》等。作品先后多次获得“五个一工程”奖“金唱片奖”“星光奖”等。

作品简介

这首《中国梦·劳动美》创作于2013年，在全社会大力弘扬劳动精神、倡导劳动光荣的时代背景下，深情表达了对劳动者的崇高敬意，展现劳动创造美好生活的主题。该作品也成为“中国梦·劳动美——2013年庆祝五一国际劳动节专题文艺晚会”的主题作品，并在晚会上进行了朗诵。

铁塔上的祖国

蒲素平

64

天空深处
云朵正在聚集力量
大地上
一群人站在万里江河之上
祖国站在高高的铁塔之上

祖国正从春天走来，一步一步带着光
我看见劳动者登上铁塔，劳动者
臂膀下闪出亮光
劳动者以铁打铁，以火烧火
多少汗水成为劳动的火焰
多少铁塔，成为生活上升的翅膀

祖国，走过风里雨里雪里雾里
始终高举着光芒
劳动者紧紧跟上，他们
在惊蛰的萌动里

在小满的境遇里
在芒种的麦香里
他们就是一根一根的角铁
他们就是铁塔的组成
他们托举着祖国一起登上铁塔
发出比电更加璀璨的光芒

祖国，铁塔之上的祖国
作为一个电力工人的我
去巡视，察看万里江山美好画卷中
输变电设备运行的姿势
我去送电，把电送到生活中
让生活的细节化成光芒
在岁月的头顶灿烂
我去检修，把铁塔、导线、高压设备
这些工业之名
像农事中的小麦、玉米、大豆一样
生出审美之美
让那些生长的细胞繁殖、裂变
把那些绿色的、红色的、黄色的植物
叫成亲人的名字、爱人的昵称
至于我黑亮的脸，至于日出了、日落了
至于我弯下的腰，接近了天空，又被
风吹得更弯

这些都是我，一个电力工人
得到的人生荣光

作者简介

蒲素平（1969—），笔名阿平，河北隆尧人，现就职于国网河北省电力有限公司超高压分公司，中国作家协会会员、河北省评论家协会理事、河北省诗歌研究中心研究员、河北省企业文联副秘书长兼创作委员会主任。作品见于《中央电视台五一晚会》《诗刊》《中国作家》《文艺报》《人民日报》等，著有《一个人的工地》《大地之灯》《乡村词典》等多部作品集。获第三届孙犁文学奖诗歌奖、首届贾大山文学奖特别奖、第六届中国诗歌发现奖、首届河北文艺贡献奖等。

作品简介

《铁塔上的祖国》以一名电力职工的视角、独特的感受、富有张力的语言，书写了对祖国无限的热爱，表达和呈现出电力职工对祖国饱含的深情。诗歌大气磅礴，又有细节刻画，实现了能指和所指的统一，闪耀出生命深处的精神之光。

采场上，制作一个踏板

温　馨

65

沟渠，又深又窄
风，一再地穿过沟底

抬槽钢、割钢筋、弯一个漂亮的弧度
翻动沟渠里的砾石，去掉一株草
一片叶的罗曼史

可以焊接了
同事说，温馨，下到壕沟里去
沟里，只有工具和我自己

石头、泥土是有锋芒的
站、坐、蹲、跪，都不行的话
躺下，就是坦途

举起右手，焊把及焊把线

是我新栽的一棵树，整个下午
我都仰望着：一树繁花

作者简介

温馨（1977—），四川南充人，当代诗人，作为焊工就职于攀钢集团矿业有限公司，被誉为“矿山女诗人”。温馨的诗歌多取材于矿山的工作与生活，以细腻的笔触描绘劳动者的艰辛与美丽，展现矿山工人的精神风貌。她的作品多次发表于《诗刊》《星星》《中国诗歌》等刊物，并著有诗集《采石场》。

作品简介

《采场上，制作一个踏板》是温馨在矿山工作期间创作的诗歌，描绘了她在采石场日常工作的场景。通过对焊接工作的细致描写，诗歌展现了劳动者在艰苦环境中的坚韧与乐观，以及在平凡工作中发现的诗意与美。

中国制造的高纯晶硅

龙小龙

66

我看见一种有形或者无形的力量
集合着一支队伍
某种一盘散沙的状态终于凝聚成固体物质
具有前所未有的质感和硬度
引领着时代的元素周期

我看见原始的蛮荒与粗野
经过洗礼、合成、精馏、冷凝和还原
经过深层次的围炉夜话
达成了一次又一次的理解与默契
弯曲的道路被工匠精神的热情拉成了
笔直的梦想

我看见种植的黑森林，和小颗粒的阳光
中国的金钥匙，打开了西方的封锁
赋予大格局的意识形态

那闪烁的半导体，正满怀笃定的信念
走向岁月的辽阔

作者简介

龙小龙（1970—），四川南充人，中国作家协会会员，鲁迅文学院新时代诗歌高研班学员、乐山市作家协会副主席。作品发表于《诗刊》《中华辞赋》《星星》《绿风》等刊物，在全国诗歌征文大赛中获奖上百次，著有《诗意的行走》《自然的倾诉》《新工业叙事》。

作品简介

《中国制造的高纯晶硅》写于2018年，是作者根据在多晶硅生产企业工作时的经历而创作的作品。当时，中国多晶硅产业正处于快速发展阶段，技术壁垒的突破，产能规模及产品质量的提升，使得中国在全球多晶硅市场占据了主导地位。作者通过用诗歌来展现多晶硅从原始状态到高科技产品的转变过程，来表达了对于中国新时代工业发展从落后到领先的赞美和自豪。

马当的海

齐冬平

67

这是没有红绿灯的省会
一切都有序地运行
俾斯麦海湾很平静
晚风吹拂心情很美
面向大海
可以远眺可以忘情
我的兄弟姐妹啊
我们阔步在
“一带一路”沿线上
祖国在大洋的那一边
歇息下驻足望远吧
泪水禁不住流出
海的味道
月圆时很咸很浓
再凝望一刻吧
父母和妻儿
也在家乡这般凝望

十年铸剑巴新客
这是团队的平均岁月啊
默默无闻的无私奉献
青春的轨迹在大洋的上空
像织机一样越来越密
一幅幅“苏绣”“蜀锦”啊
勾勒出五矿人新时代的风姿
月圆时刻
目光齐刷刷地迎向北方
坐南向北
心随着船绿色的矿藏
从巴萨穆克港起航
一路北上
坐南向北
汗水从树洞和巴萨穆克
滴下流向湛蓝色的海洋
……

作者简介

齐冬平（1960—），笔名亦平、老东、冬平，黑龙江北安人，中国作家协会会员、中国冶金作家协会副主席兼任《中国冶金文学》编委。齐冬平曾在冶金行业多个部门工作，积累了丰富的劳动经验，创作了大量反映产业工人生活和精神面貌的诗歌，他的作品多次获得国内的重要文学奖项，著有《蓝色的钢铁——齐冬平钢铁诗选》《齐冬平诗选》《未来港》《齐冬平心诗选》等。

作品简介

《马当的海》选自《在大洋的那一边》(组诗)，创作于2018年，笔者于2018年7月第二次到巴布亚新几内亚中冶瑞木进行工作访问，深深地被我方驻巴新职工为大家舍小家的拼搏奋斗和无私奉献精神所感动，创作此诗。(注：马当为中冶瑞木总部所在地。)

68

塞罕坝上播绿人

王德光

你只需在茫茫荒原上侧耳
就听得懂大森林窃窃私语的声音
甚至从那茂盛的枝叶里
浓密的树冠上
辨认出滚动着林涛的几重神韵
山峰是你的骨架
林海是你的灵魂
你就是你啊，征服荒原的播绿人

落叶松里细密的年轮
轮转着你茫茫荒原古朴的脚印
挺拔的树干上
站立着六十载的夏秋冬春
历史变迁的书本上记载着
草原是你的情怀
绿色是你的初心
你就是你啊，营造林海的播绿人

每天触摸着森林的绿意
你的双足也长出绿色的须根
深扎着民族牢固的信念
守候着福泽万代的绿荫
你有长长的思念
你有深深的爱心
你就是你啊，守护林海的播绿人

漫山遍野的金莲花
盛开着你血汗闪光的青春
迎风傲雪的干枝梅
浸染着你风骨无悔的精神
你有无私奉献的品质
你有使命至上的胸襟
只因为党的一声召唤
你就是你啊，终生都做播绿人

作者简介

王德光（1958—），河北承德人，承德日报社原总编辑，现任承德市新闻工作者协会主席，高级编辑。文学作品见《人民日报》《光明日报》《经济日报》《河北日报》《诗刊》《星星诗刊》《诗选刊》等。出版散文随笔集《走向太阳》《思想的风景》等。曾获中国新闻奖、冰心散文奖、中国报人散文奖等多个奖项。

作品简介

《塞罕坝上播绿人》是王德光2018年赴塞罕坝机械林场采访，有感于塞罕坝造林者的奉献精神创作的抒情诗。全诗以荒原、林海、年轮、金莲花等意象为脉络，塑造三代造林人扎根荒漠、播撒绿色的群像——通过“山风骨架”“林海灵魂”的拟人化表达，凸显其征服荒原的坚韧；以“六十载夏秋冬春”的时间刻度，镌刻历史功勋；借“绿色须根”“福泽绿荫”的隐喻，升华生态守护的民族信念。诗中“金莲花血汗”“干枝梅风骨”的意象群，定格造林人青春无悔的精神图谱，最终以“党的召唤”锚定使命初心，礼赞这群“终生播绿人”将个人理想融入国家生态建设的崇高境界。作品融历史纵深与诗意哲思于一体，深情诠释了牢记使命、艰苦创业、绿色发展的时代内涵，是一曲生态文明建设者的精神赞歌。

赵各庄矿

东　篱

69

它是小镇一条废弃的血管
淌着发黑的脓血。但有个好听的名字——
石榴河。它从我的半简易房西侧
平静地经过，没有理由，没有歉意
我在大地上行走，它在大地上流淌
我们平行，但它干扰了我的生活

石榴河的源头，是一座荒山
因矿山铁汉侯占友之故，人称猴山
登山南望，首先看到的必是高高的井架
旋转的天轮。矿灯矿帽矿衣矿靴的矿工
才陆续登场。黑黑的。上来洗澡，喝酒
喝酒时要骂娘，然后红脸醉眼地回家
他们下井采煤，我上班教书
我们平行，但他们干预了我的生活

五矿同盟大罢工的发起地

刀劈鬼子兵的节振国战斗的地方
我在此只生活了十年
但它影响了我大半生

作者简介

东篱（1966—），河北丰南人。河北省作家协会副主席。出版诗集《从午后抵达》《秘密之城》《唐山记》。摄影作品散见于《摄影世界》《森林与人类》《河北旅游》等杂志。

作品简介

赵各庄矿是开滦煤矿的重要组成部分，始建于1906年，是中国近代工业的重要标志。本诗以作者生活了十年的赵各庄矿为背景，通过对废弃矿山的描绘，表达了对过往岁月的深刻怀念和对矿工生活的深情回顾，体现了诗人对工业时代变迁和个人记忆的深刻思考。

在一块芯片上触摸祖国

梁尔源

70

那么小，那么薄的国之重器
几微米，几纳米的不倒长城
在用肉眼感悟不到的方寸之间
排列交汇着东方巨龙的染色体
编辑组合出四十载春华秋实
用神州的灵感和触角
能抚摸到昆仑与泰山的苍茫挺拔
扪及到黄河与长江的雄浑奔放

苦难倔强的中华儿女
曾为守护广袤的尊严而喋血殊死
站在改革开放潮头的勇士们
却在小小的一块硅片上
为中国梦的追求而背水砥砺

IT 的顶峰弥漫着华山论剑的刀光剑影
5G 的战场里回荡起大国博弈的跌宕风云

那位气吞山河的东方巨人
岂容一根鱼刺哽住咽喉
一个蕴藏五千年智慧的泱泱大国
决不会畏惧釜底抽薪的卑鄙伎俩
狭路相逢，手中握有无敌的太阿之剑
棋逢敌手，亮出一张张笑到最后的牌

华为、海斯、麒麟……从这些闪烁的星星中
真切地感受到大海的渊博和包容
在仰望中，体会到珠峰的伟岸和冷静
将几千年的沉淀与世界交融
用深邃的战略与久久为功来坚守
用足够的底气，在一块芯片上
布局和谋划中国梦的复兴
芯片，新时代角逐场上的上甘岭
芯片，寸土必争的新国界
芯片，一个时代更迭的制高点
中国人用抢占的一席之地
呼唤宇宙涌动的云
调摆五洲恣意的风
为共和国日渐壮大的年轮
打造一颗青春涌动的芯

作者简介

梁尔源（1953—），湖南涟源市三甲乡人，当代诗人，曾当过矿工、木工，后从政多年，中国诗歌学会原副会长、湖南省诗歌学会首任会长。在《人民文学》《诗刊》《中国作家》《星星》《光明日报》等重要文学刊物发表过大量诗歌，出版诗集《浣洗月亮》《镜中白马》《蝶变》《论镜中白马》等，并多次获得重要奖项。2017年获中国汉语新诗百年最具实力诗人奖，获2020年《诗刊》全国征文大奖，诗集《镜中白马》被诗刊社和中国诗歌网评选为2019年度至2020年度中国十佳诗集奖，诗集《蝶变》获2023年全国十佳华语诗集奖，中诗网评为2021年度十大诗人，2022年获国际华文诗歌大奖。

作品简介

《在一块芯片上触摸祖国》写于2019年，是作者为庆祝中华人民共和国成立70周年而创作，这首诗反映了中国在高科技领域取得的成就，尤其是芯片制造技术的突破。诗中通过对芯片制造的描绘，展现了中国在高科技领域的奋斗精神和自主创新的勇气，同时也表达了对国家未来发展的信心和期待。

平凡中见伟大的劳动者

马　飚

71

地很高，日子很低
坑道像一个车夫，推着旭日
返回大峡谷——生产线是年轻褶皱
延续心疼他们的青藏高原

来尘世为挖掘韶光
谁的脸红润，就是今天的王。近处做着大慈悲
不用争辩，你看那天车拉着整个风云穿越星际
主人发明了勤劳吹出氧气，大雪一路护送

光芒轮廓里，都是值得尊重的人，英雄们
总在高处相遇
太阳神话、金江红土
适合一切图腾
是生命里的好气候：“一带一路”上
祖国作内燃机——永无寒冷、人间至上，信箱、东风
好装备

红帽子领头，三个提着电焊的男人
面罩比星宿深邃，蓝制服苍劲
用整个 11 月，脚手架一样
垫高人世
天啊，在我心里发热地疼着他们

东方红是一辆通勤车牌
有干旱的黄，一块金子在劳动，光芒的漏洞
一会儿是圣人、一会儿似猛禽
山脉又往人世沉了一段

体内有飓风，砖石集邮一样累出人形
用重量活着
像山地的重臣，跳板上，替 100 匹马拉着大地上天

一桶砂浆，盛落日之美，这是些
不知自己伟大的人
瘦小得，像 13 亿公里外的土星
风速一小时，从云南到元朝

如金沙江用流逝发电，水的失眠就是不停奔腾
我每天用的时光大于体重
人世每天这样矮一点

气温向高处退让，像我的良心

厂房上修瓦的人，光芒做安全帽
山势在他背影上画奔马
外国语学校红旗飘然、书声清朗

厂内到处是未来才华
我的胸怀每秒 6000 立方米，过向阳村、出瓜子坪
像最饱满的泪滴，不风干

同一色系的清洁工，落叶与光斑
组装柴油机
公路的红色口哨声，在世道上奔波
被载重车操劳
像漫长读书时光，方解石是数学教师
我已见过朝气横溢的人

作者简介

马飚（1967—），吉林人，当代诗人，鞍钢集团员工，新工业诗的倡导者。他的诗歌创作深受工业文明的影响，作品多以独特的视角和风格将工业元素与诗意情感相结合，著有诗集《太阳铁》。

作品简介

这首诗歌的创作来源于他对于工业生产环境的长期观察和深刻体验，常年在鞍钢的工作经历让他对工业生产中的普通的劳动者有着深刻的了解和认同。他通过诗歌表达了对这些“平凡人”的赞美，强调了他们在艰苦环境中默默奉献的伟大精神。

午夜时分的炼钢厂

巴音博罗

72

午夜时分的炼钢厂，一切都沉寂了
但有一样东西还活着
其他的都睡了，睡得实实在在
像厚重的无边无际的尘土，像梦
无论如何也挣脱不出的梦魇
呼噜，呓语，眼皮滞重的昏聩
一切都沉寂了，这午夜时分的厂区
却唯有一样东西活着，韧劲十足的
一样东西！活着，活着，拉动了风和呼吸
拉动大地由此向东倾斜
我不说也许你也会猜到，像路灯
偶尔眨一下眼睛。风推开一扇没关紧的门
窥见某张困顿、迷惑的脸，矿工的脸
和转炉的脸。他们把倦怠的歌谣断断续续
传唱。像马厩中的马
以铁铸的鼻音说话
就这样，黑暗中，总有一样东西独自活着

而钢铁厂的心跳，隐隐有力
那是海与大地的心跳，长河般的脉动
使这人世蒙羞
当岁月以青铜面容装扮历史
当历史由纸本回归那炽热铁水……

作者简介

巴音博罗（1965—），辽宁桓仁人，满族，当代诗人、国家一级作家、小说家。他的创作涵盖诗歌、小说、散文和油画等多个领域，作品以对工业题材的深刻挖掘和对劳动者精神的赞美而著称。著有诗集《悲怆四重奏》《龙的纪年》、油画散文合集《艺术是历史的乡愁》、小说集《鼠年月光》等，曾三次获得辽宁文学奖、《北京文学》年度小说奖和年度诗歌奖，获台湾《创世纪》诗刊 50 年诗奖等各类刊物奖 30 余次。

作品简介

《午夜时分的炼钢厂》创作于 2020 年，诗中通过对午夜时分炼钢厂的描绘，展现了工业文明的力量与孤独，以及工人与机器、自然与工业之间的复杂关系。这首诗不仅是对一个特定场景的描绘，也是对工业时代人类精神状况的一种象征性表达，传达出对工业时代人类活动的反思，对工人阶级的辛劳与贡献的赞美。

手　臂

——赞港珠澳大桥

李木马

73

桥，在波涛之上
为跨海的道路张开羽翼
南国，大湾区，海阔天远
宏图的长卷缓缓打开
百里长桥，环抱
一个更大的胸怀

饱含春风般的爱意
穿山，越岛，如笔触凌空
以前进的力量书写未来
以超然之力，牵引着崭新的道路
海上墩台，琴键的长阵
人工岛，钢箱梁，海底隧道
崭新的意象，列队
进入史诗的乐章

香港、珠海、澳门
珍珠矩阵，闪烁
一片瑰丽的版图熠熠生辉
今天，我们的视阈
梦中的海湾
如蓝宝石的光辉荡漾、曼舞

港珠澳大桥，新时代的骄子
健壮的身姿，超越了
挺拔与优美的含义
而我，钻头一样的目光
正由闪光的桥塔移向基桩
看见那一粒粒围绕钢筋的石子
看见混凝土中，沉甸甸的
信念与期盼凝成的赤子之心

而一只鸥鸟的叫鸣
如音符在滑翔中收敛翅膀
长桥之上的璀璨灯火
辉映着天上的银河
盛大的光芒，仿佛
深化并护佑着星空之下
每一座桥的美感

作者简介

李木马（1967—），本名李志强，河北唐山人，中国铁路作家协会原秘书长、中国铁路书法家协会副主席兼秘书长。李木马长期供职于铁路部门，曾从事养路工十一年，以“钢轨诗人”著称，其作品多聚焦铁路建设与劳动者，表达出对时代发展的深刻洞察和对劳动者的敬重。他的诗集《铿锵青藏》入围全国第五届鲁迅文学奖，作品获郭沫若诗歌奖和全国铁路文学奖一等奖等奖项。

作品简介

《手臂——赞港珠澳大桥》以港珠澳大桥为题材，诗意地展现了中国桥梁建设的伟大成就和新时代的奋进精神。港珠澳大桥是世界最长的跨海大桥工程，连接中国香港、珠海和中国澳门，是中国建设史上里程最长、投资最多、施工难度最大的跨海桥梁项目。诗歌通过描绘大桥的壮丽景象和建设过程，表达了对建设者的敬意和对国家发展成就的自豪，将主题性创作写出了真情与艺术美感。

74

最高的家园
——致敬中国航天站

宁　明

只要脚踏实地，一步一个脚印
中国的载人航天工程
只需走三步，就能实现
自主建成一个太空之家的梦想

把这个最高的家园叫作天宫
它有五间房子，各间都取了一个
流淌着中国血脉的名字——
天和、梦天、问天、神舟、天舟
它们牵手连在一起，就是一座
比老北京的四合院更精致的中华建筑

高度与距离，不再催生人的寂寞
每人的心跳，都与祖国保持着高度同步
这里有三个兄弟姐妹轮流值守
他们在一起探索人类未知的奥秘

并为未来的生存发展寻求更多的途径

我渴望与他们一道乘着神舟飞来飞去
并用一架最新设计的望远镜
看尽离地四百多公里高的瑰丽景象
用无比自豪的心情，在太空写下
人类对浩瀚宇宙的赞美诗行

我还想邀请几位不同肤色的专家
一起来俯瞰我们赖以生存的蓝色地球
共同商讨让它变得更美的方案
只有站在这样的高度上，才能不带偏见
读懂人类命运共同体的全部含义

作者简介

宁明（1963—），河北魏县人，空军特级飞行员，大校军衔。中国作家协会会员，辽宁省作家协会签约作家。获评首届中国十佳军旅诗人，获两届空军蓝天文艺创作奖、获首届中国屈原诗歌奖特别奖、第四届和第六届全国冰心散文奖等多项荣誉，被评为辽宁省“最佳写书人”。他的作品以宏大的题材、深邃的意境和对国家发展的深刻洞察著称。

作品简介

《最高的家园——致敬中国航天站》创作于中国航天事业蓬勃发展的时期，展现了作者对中国航天成就的自豪和对航天工作者的敬意。宁明作为特级飞行员和军旅诗人，他的诗歌常常聚焦于国家重大成就和科技发展，体现了他对时代精神的深刻理解。这首诗通过对中国航天站的描绘，将航天事业比作“最高的家园”，表达了对航天工作者的崇高敬意，同时也反映了新时代中国在航天领域取得的巨大成就。

三峡大坝·脊梁

李训喜

75

她的根深深扎进几亿年前
地质年代孕育的花岗岩里
饱含着地壳的冷峻与火热
凝结着钢筋混凝土的顽强意志
从三斗坪的幽深峡谷挺拔而起
桀骜不驯的大江在她的怀中
舒卷着温柔低回的云朵
川流不息的浪花在她的指间
化作崇山峻岭里的万家灯火
李白和杜甫颠沛流离的一叶扁舟
如今变成满载希望的巨大货轮
在她双臂的托举下掠过青山
惊飞两岸正在啄食的鹭鸟
此时，她就在我的诗歌里
在亿万双眼睛的凝视中
这是万里长江上真正的守护神
这是一个民族最为坚强的脊梁

作者简介

李训喜（1967—），安徽霍邱人，当代诗人，高级工程师，中国作家协会会员、中国诗歌学会会员、中国水利文协副主席兼水利作协主席。作品发表于《诗刊》《星星诗刊》《诗歌月刊》等刊物，出版有诗集《谁能把一朵玫瑰举过天空》、诗文集《交叉》、评论随笔集《此心吾乡》。

作品简介

《三峡大坝·脊梁》创作于三峡工程竣工验收之际。三峡工程是中国水利建设的标志性工程，作者长期在水利系统工作，在诗中将三峡大坝比作“民族的脊梁”，展现了大坝的雄伟与建设者的智慧和付出。这首诗不仅赞美了三峡大坝的伟大，也表达了对建设者们的敬意和对国家发展成就的自豪。

电

汪　峰

76

在电的激流里，我要回到安宁河、雅砻江、金沙江
在电的激流里，我要以我的快慰激活满山的石头、满天的红云

飞鸟衔着久远的雷声。高大雄伟的铁塔
从牦牛山、大凉山陡峭的山崖翻越而过

比河流更激越和滚烫的是水电工人的心
比横断山脉更有落差的是我们正尝试着改变的贫穷

作者简介

汪峰（1965—），江西铅山人，现居大凉山，新江西诗派诗人、江西省作家协会滕王阁文学院特聘作家。他的诗歌创作多聚焦于劳动者的生活与精神世界，以质朴的语言和真挚的情感著称，展现了对底层群体的深切关怀。曾获“2022江西年度诗人奖”、《诗刊》社“云时代·新工业诗歌奖”，著有诗集《写在宗谱上》《炉膛与胸腔》。

作品简介

《电》是一首反映西部“电网扶贫”的诗歌。其中“电的激流”既指代着水电工人的工作场景和性质，又隐喻着国家电网的建设和发展，表现着水电工人改变贫穷地区现状的决心和努力。作者通过诗歌既传达了对水电工人精神的赞美，也包含着对国家发展和人民生活改善的期待。这首诗不仅是对科技进步的赞歌，也是对国家和民族精神的深刻表达，展现了中国工人在建设祖国这一伟大事业中的成就和使命感。

大国工匠

杨　克

77

不同于孔子后裔
依赖血缘和姓氏传承
我看见鲁班手下轻盈的刨花翻卷
前世今生的手艺在金属上蝶泳
我看见木头纹路的白云
像波浪起舞在天空的港湾

我又看见鲁班天马行空奔腾
阳光的鬃毛像木糠纷纷扬扬
又一个深海钳工，又一个航空手艺人
精通錾、削、钻、铰、攻、套、铆、磨
凭一双手捏捻搓摸
便可精准感知薄如蝉翼的钢板

我看见那个为国铸“箭”的“火药雕刻师”
全凭双手的感觉给药面整形
比庖丁运刀更行云流水

切削动作美妙和谐
哪怕有丁点皮肉与筋骨剥离的声音
一丝静电和火花就会燃烧爆炸

我看见藤上的葫芦娃
如结绳记事的一串串疙瘩
鲁班祖师的徒子徒孙没有穷尽
那精确到毫秒级的隧道爆破技工
那海底管道工接缝处间隙毫厘不差
高铁首席研磨师的空间只有发丝的直径
殷瓦焊接犹如在钢板上绣花

我看见大湾区的一条彩虹
飞跃粤港澳，大桥穿越虹管
如墨斗的直线直挂沧海
我看见十一个城市共舞云门

我看见悬崖上的钢琴
匠心独运的十指灵巧弹动
那一口气精准无误插接百余条线路的里手
那仅凭肉眼观测到云高云量的行家
我看见大国工匠忙碌的身影
在高山峻岭，也在城市熙熙攘攘的人群中

作者简介

杨克（1957—），广西人，中国著名诗人，编审，一级作家。现任中国作家协会主席团委员、中国诗歌学会会长。他著有《杨克的诗》《有关与无关》《我说出了风的形状》等诗集，并多次获得国内外文学奖项，如英国剑桥徐志摩诗歌奖、广东鲁迅文艺奖等。杨克的诗歌以对现实的深刻关注和对时代精神的表达著称。

作品简介

《大国工匠》是作者对工匠精神的赞歌。诗中通过对于中国在各个领域中的工匠们技艺的细腻描绘，表达了对于他们精湛技艺、奉献精神的敬意，同时也反映了中国在科技和工业领域的飞速发展。杨克通过这首诗，不仅展现了工匠们的伟大，也体现了他对国家发展和科技进步的深刻理解和崇高情怀。

金牌工人许振超

纪　宇

78

宇宙茫茫雄浑深奥
太阳系里星云浩渺
地球动荡硝烟不熄
东方崛起涌动春潮
在伟大复兴的中国
在改革开放的青岛
在飞速发展的青港
在紧张装卸的桥吊
走来一个优秀工人
他的名字叫许振超

他创造“振超速度”
振奋中国心气心潮
他追求“振超效率”
超过世界同行同道
寻找振超仰望桥吊
情化诗赋立此存照

百丈桥吊揽尽风云
正把世界纪录创造
三尺平台虽然窄小
却在锤炼博大情操

他练就一身“绝活”
心到眼到手到钩到
“一钩准”难以思议
他无声响针穿线绕
把不可能变为可能
他用寂静代替喧嚣
为什么能创造奇迹
他对问者报以微笑

他干桥吊爱桥吊
桥吊连着他心和脑
他精桥吊专桥吊
桥吊就是他手和脚
琢磨于心消化于脑
烂熟在手有数在脚
路是走过才觉难易
活是干后才知俊俏
许振超能走到今天
汗水里滚雪水里泡

怀揣线路板电路图
日光月色灯影照耀

若问学历实在不高
初中一年微不足道
如说学问应当自豪
独一份儿研究桥吊

迷上桥吊这一学科
该给他戴博士方帽
初开桥吊不懂桥吊
心在桥吊怦怦乱跳
抓石石掉石破天惊
卸粮粮洒粮铺于道
苦练做到得心应手
桥吊又要技术改造
桥吊升级人先升级
面对外文头晕心挠
梦里灿烂花开多少
醒时知难冷汗直冒
桥吊直流调速系统
都是瑞典厂商制造
艰辛攻关从头学起
一点一滴摸索啃咬

操作维修全面掌握
桥吊上面望得更高
又引美国最新技术
数字控制全新面貌
振超再次从头开始
灯光月色沾在鬓角
桥吊不断与时俱进
青港科技含量提高
集装箱船在此集散
世界排名连续前跳
今天中国码头工人
扬眉吐气胆壮志豪
只能在港史里读到
麻袋手钩“过山跳”

回首中国二十世纪
挺进路上风雨飘摇
工人阶级先锋队伍
二十年代出林祥谦
胸口顶住血的屠刀
三十年代出吴运铎
愿把自身变成枪炮
四十年代出王孝和

英勇不屈敢把头抛
五十年代出郝建秀
苦干巧干勇于创造
六十年代出王进喜
一声吼叫地抖油冒
七十年代出赵春娥
献身煤场青春燃烧
八十年代出现徐虎
情系于民随叫随到
九十年代出李素丽
公交车厢涌动春潮
进入了二十一世纪
大时代推出许振超

许振超一路走来
这些英模让他自豪
精神上有优秀基因
身体里有更新细胞
他体现出时代精神
他描画出历史坐标
他展现着世纪风貌
将大写的中国工人
推介给全世界聚焦

水里不沉风里不摇
土里扎根火里闪耀
咱工人阶级有力量
敢定目标世界前茅
超过世界同行同道
“振超效率”令人称道
振奋中国心气心潮
“振超速度”引人仿效
他的名字叫许振超

他是中国工人代表
他日夜忙碌在桥吊
他的心潮呼应海潮
他的精神鼓舞青港
他的成就振奋青岛
他的事迹传遍中国
他的记录任凭赶超
他自己也未曾停步
新的成绩还在创造
他的名字点亮桅灯
向地球所有港口呼叫
那是一点理想之光
在宇宙星云间闪耀……

作者简介

纪宇（1948—），原名苏积玉，山东荣成人，当代诗人，青岛市和山东省专业技术拔尖人才，享受国务院政府特殊津贴专家，曾任青岛市文化局编辑、编剧及戏曲研究室主任、青岛市艺术研究所所长、市文联副主席、市作家协会副主席等职。纪宇创作了大量诗歌、散文、报告文学等，代表作包括《风流歌》《纪宇朗诵诗》等。他的作品以贴近生活、反映时代精神著称，展现了工人阶级的伟大精神和时代风貌。

作品简介

《金牌工人许振超》是纪宇为歌颂中国工人阶级的杰出代表、“人民工匠”许振超而创作的诗歌。该诗歌不仅记录了许振超的奋斗历程，也反映了中国工人在新时代的风貌和对国家发展的贡献。

许振超，1950 年出生于山东荣成，仅有初中文化的他凭借对工作的热爱和执着，成为青岛港前湾集装箱码头有限责任公司工程技术部固机高级经理、高级技师。他练就了“一钩准”“一钩净”“无声响操作”等绝活，带领团队 9 次刷新集装箱装卸世界纪录，创造了“振超效率”，展现了中国港口工人的卓越风采。许振超荣获过“全国劳动模范”“全国优秀共产党员”“改革先锋”“最美奋斗者”等称号，2024 年被授予“人民工匠”国家荣誉称号。他用实际行动诠释了“干就干一流，争就争第一”的工匠精神。

焊接太空的人
——致航天焊接特级技师高凤林

凸 凹

79

让大地升起，穿越大气层，与太空焊接在一起
将人类的空间小念头，与美好的时间大远方
焊接在一起，是他蛰伏在车间班组里的
凌云志。他大约不会知道
有一个人，与他同年同月生，又在同一年
入职航天，而这个人所在的大三线
是他所在工厂的后方厂
我相信，这个世界，除了我，不会有第二人
能与这位焊接太空者产生如此机缘
我有一种戴着滤光镜朗诵长二捆的奇妙
现在，我要好好凭借这份机缘，为他写首诗
并尽可能写得像他的焊缝一样，胜得了高处寒

作者简介

凸凹（1962—），本名魏平，四川都江堰人，当代诗人、小说家、编剧，四川省诗歌学会副会长、成都市作家协会副主席。凸凹长期在航天工业系统工作，曾任钳工、车工、刀量具设计员等职，后转入地方文化单位。他的作品涵盖诗歌、小说、散文等多种体裁，著有诗集《大师出没的地方》《手艺坊》《劳动万岁——为129名中国工匠造像》等。他以“工匠诗”著称，用诗歌向劳动者致敬。

作品简介

《焊接太空的人——致航天焊接特级技师高凤林》是凸凹收录于其诗集《怀揣手艺的人》中的一首诗。这首诗以航天焊接特级技师、大国工匠高凤林为主体形象，展现了航天工作者的工匠精神与不凡品格。表达了诗人对祖国航天事业伟大成就的自豪。

高凤林，1962年生于北京，中国航天科技集团有限公司第一研究院211厂的特种熔融焊接工、首席技师，中华全国总工会兼职副主席，被誉为“火箭心脏焊接第一人”。从业40余年，他攻克了500多项航天领域焊接难题，参与焊接的火箭占中国火箭发射的近一半，包括长征三号甲系列、长征五号系列等重要型号，为北斗导航、探月探火、空间站建设 、新型武器型号等国家重点工程做出了突出贡献。他多次获得国家级荣誉，如全国劳动模范、全国道德模范、全国五一劳动奖章等，2014年他携三项成果参加德国纽伦堡国际发明展并全部获得金奖。2015年，他成为央视纪录片《大国工匠》开篇人物，2019年获“最美奋斗者”称号。

零碳世界（组诗）

雷学军

80

秋　　收

雁叫望衡阳，
庐白半夜霜。
月灯辉皎映，
辊粒汗浃忙。

春　　望

耕雨达春意，
新芽绿有期。
愿携辽阔碧，
芳馥沁心脾。

零碳世界

草灌藤乔亦属亲，
光合捕碳共天伦。
缤纷绿色规一统，
生态文明润子孙。

作者简介

雷学军（1958—），湖南安乡人，教授、研究员、世界零碳领域的重要开拓者、零碳研究首席科学家、全国劳动模范、全国五一劳动奖章获得者。他致力于化学、生物学、碳汇学、碳气候经济学等领域的研究，发现了“碳汇草”，提出了“草比树大的光合机制原理”“动碳与静碳平衡原理”等一系列原创基础科学理论和原创技术方法，并主持了全球首个“零碳区域”项目——“长沙零碳县”，开拓了“碳气候经济”发展模式，为实现碳达峰、碳中和目标提供了新思路、新方法，多次获得国内外重大奖项。

作品简介

雷学军的《零碳世界》组诗来源于他常年对于生态环境和人与自然和谐共生的关注，作为零碳领域的开拓者，他一直致力于通过自然与科技的力量推动绿色发展和生态文明建设。组诗以《秋收》《春望》和《零碳世界》为篇章，以自然变化规律为背景，从传统农业的丰收景象到对于未来绿色发展的期许，再到对“零碳”理念的深刻表达，展现了雷学军教授对于自然、生态与人类文明的思考。这组诗不仅是作者对自然之美的赞歌，更是他将科学理念与人文关怀相融合的结晶，反映了他对绿色发展碳中和生态文明创建的坚定信念。

借风的年轻人

漆宇勤

81

制作飞机翅膀的人
相信自己若窃取微风便可腾空
回到村子里，这年轻人向老人解释：
流水线上长出的翅膀不是飞机的一部分
是风力发电机的叶片，风的翅膀

这白色的叶片定将在缓坡上安家
凭借这沉重又庞大的借条向虚空借风
借天地间摸不着的力气生成新力
推动一个世界向前行走
在遥远的高山与旷野，三个叶片缓慢转动
机器的澎湃和灯光的明亮在暗处滋长

制作风力叶片的人，运送风力叶片的人
爱着又烦恼着一年比一年变得修长的孩子
在一层高的厂房里制成 25 层楼房高的扇叶
又在漫长的高速路上小心翼翼辗转腾挪

从此好风凭借力，为碳中和描摹少年般的青云之志
也为赣西乡村里进厂务工的年轻人书写小小的骄傲

作者简介

漆宇勤（1981—），江西萍乡人，当代诗人，鲁迅文学院第34届高研班学员，曾在《诗刊》《人民文学》《人民日报》等刊物发表诗歌、散文等作品三千余篇，著有诗集《另起一行》《靠山而居》《抵达》等15部。他的作品风格质朴，注重从日常生活中挖掘诗意，展现了对乡土变迁与工业文明的深刻洞察。

作品简介

《借风的年轻人》是一首反映新能源产业与乡村发展的诗歌。诗中通过对风力发电叶片制造和运输过程的描绘，展现了现代科技与自然环境的和谐共生，传达了对新能源技术的赞美，以及对基层劳动者和碳中和战略的敬意。

勘探路上

张玉忠

82

刚翻过一座高山，
气喘吁吁，
便背靠这大树，
坐下。
四仰八叉，哪管什么
雅与不雅。

任柳絮
吹进我的鼻孔，
也塞不住，
清风送来槐花的香气。
让惊飞的雉鸡为我探路，
我且与这碧绿，
谈谈风雅。

李白
也曾独坐敬亭山，

我独坐在这
荒野，
做个片刻诗人。
还有大山就在眼前，
待汗水
浸润身下的泥土，
便去攀爬。

作者简介

张玉忠（1993—），山西阳泉人，当代诗人，他的诗歌多以地质勘探为主题，展现了地质工作者在艰苦环境中的乐观精神和对自然的热爱。

作品简介

《勘探路上》来源于张玉忠在长治市襄垣县进行地质勘探时的工作经历，槐花香气与旷野美景启发了他的创作灵感。诗中通过对勘探工作的描写传达了地质工作者们在艰苦环境中的乐观态度和对工作的热爱，展现了他们不畏艰难、勇于攀登的精神。同时，诗中“做个片刻诗人”的表述，也体现了劳动者们在艰苦工作中寻找诗意和美好生活的态度。

雪 山 之 下

李长瑜

83 巨大的风车，承接了雪山的银色
它的转动或快或慢，总能把一小片光
反射到太阳能光电板上
之于能量，这应该是微不足道的
之于某种联系的不可或缺
一定有着背后细密的逻辑

太阳能光电板所具有的几何之美
并不挑战雪山的威仪
它们有相似的聚集、铺排、延展和辽阔
这是一种述说，也是一种领受
其实，收集阳光和风
并不比雪山放牧几条河流，更具有抽象性

雪山之下，高速公路和高速铁路
平行地通向远方。汽车，火车，不舍昼夜
载着人和故事，也载着

煤炭、矿石、钢铁和智能机械
而道路的上空，也常常会有一些鸟
不高不低地飞过

作者简介

李长瑜（1967—），河北吴桥人，当代诗人。诗歌作品多见于各类文学期刊，并入选多种选本。诗集《在众生中被辨识》入选“中国好诗”第七季。组诗《纳米》获第十二届扬子江诗学奖。

作品简介

《雪山之下》创作于作者长期工作生活的西北地区，通过对雪山、风车、太阳能光电板以及现代交通的描写，展现了自然与科技的和谐共存。诗中不仅描绘了雪山的壮美，还体现了现代科技在自然环境中发挥的重要作用，反映了人类社会的发展与自然界的紧密联系。这种对自然与现代文明交融的描绘，体现了诗人对时代发展的深刻思考和对自然的敬畏。

冶 铁 者

薄 暮

84

如果我仍是一位老师
在乡村学校，每天打磨
一颗颗顽石，让他们相信
自己是最好的矿藏
席地而坐，天空更近

那时我刚刚大学毕业，和他们一样
心中有铁，用各自的法术提炼
拒绝外力作用，寻找形而上的方式
发出不同声音，我们以为
变身新的金属，其实
只是氧化程度不等

如今在一座钢铁工厂
每天面对矿石焦炭、高炉转炉
把铁从亿万年的黑洞中叫出来
用最烈的火、最重的力、最细的心

让它们耐磨、耐候、耐腐蚀
板材长材型材，都不是纯粹的铁

与不同物质相处融洽
才能各安天命。算不上秘方
我却穷尽一生，没有克服排异性
一看到铁流呼啸而过
热血沸腾

作者简介

薄暮（1968—），河南商城人，当代诗人，企业职员。作品见于《人民文学》《诗刊》《十月》《星星诗刊》等文学刊物，部分作品被《新华文摘》《诗选刊》《读者》等转载。薄暮的诗歌风格质朴而深刻，善于运用象征与隐喻，将工业元素与人文关怀相结合。出版有诗集《我热爱的人间》《冶工记》等。

作品简介

《冶铁者》收录于薄暮的诗集《冶工记》中，创作于2023年。这首诗以冶铁为隐喻，探讨了个人成长与社会融合的过程。薄暮通过自身经历，将乡村教师与钢铁工人两种身份相融合，展现了从理想到现实的转变，以及个体在社会大熔炉中不断淬炼的过程。诗中“铁”的意象不仅象征着坚韧与力量，也反映了诗人对工匠精神的敬佩与对工业时代的深刻思考。

分拣女工

王二冬

85 月亮升起于夜空，照耀着分拣场地
——这郊野的中心，在城市的睡眠中
忙碌如春耕。她站在操作台前
是众多女工中毫不起眼的一朵
扫描、转身、投篮筐，回位、扫描……
无数次重复同样的动作，已是第九年

她时常产生错觉：自己像一名舞者
千万个快件奔跑着来看她的演出
每一次俯身都是与观众互动
这样想时，她就会回到双腿直立的青春
那时的她是一名真正的舞者，是东河西营
最美的蝴蝶，时常落在一枚
绿色的邮包上，跳着倾诉爱情的舞蹈

砰——每一次都被同样的声响惊醒
一切都变成了至今没有寄出的信
她偶尔也会痛恨生活，快件

像一只只蚂蚁，挠着她的心
但当她看到那些不同的家庭地址
不同封装的包裹，她就平静下来

有女儿给父母寄的异乡风光
有妻子给丈夫编织的家庭温暖
有妈妈给新生儿购买的成长喜悦
她的三个身份就会逐一回到灵魂
生活的踏实赶走往日的悲伤
流水线上的快件依次赶来为她鼓掌
——这人生旅途中最美的舞者

作者简介

王二冬（1990—），山东无棣人，中国作协会员、新工业诗人代表，快递行业基层工作者。他的作品多聚焦于快递行业，以独特的视角展现了普通劳动者的奋斗与情感。著有诗集《快递中国》《东河西营》《该怎样将一个快件递给你》等。曾获中国红高粱诗歌奖、草堂诗歌奖、艾青诗歌奖等。

作品简介

快递连接千城百业、千家万户，收快递早已成为老百姓新的开门七件事之一。王二冬将创作主角聚焦于千千万万快递员等新就业群体，原收录于《快递中国》中的《分拣女工》，以其独特的视角对准分拣线上的女性，她们勤劳、心细，用心用情对待每一个包裹，向收件人传递喜悦。她们在劳动中与曲折的命运和解，并创造人生的价值，是新时代劳动者的优秀代表。

低处飞行

王计兵

86

谁说展翅就要高飞
低处的飞行也是飞行
也有风声如鸟鸣
有车轮如流星
包装上贴着的订单
白纸黑字，急急如律令
是公文也如神符

从三百六十行里
赶出一个新就业
从二十四节气里
赶出一个小哥节
赶时间的人从一小时里
赶出六十一分钟
从争分夺秒里赶出一份温情

把秒针和分针铺在路上

像黑白有致的琴键
谁又能说曲高和必寡
这低在大地的声音
才是万物向上的乐章
如果人间有第五个春天
那一定是小哥的春天

作者简介

王计兵（1969—），笔名拾荒，江苏徐州人，现工作于昆山，外卖员、当代诗人。他的诗歌创作多聚焦于快递员等普通劳动者的生活，出版有诗集《赶时间的人》《我笨拙地爱着这个世界》《低处飞行》《手持月光的人间》等。

作品简介

《低处飞行》这首诗的创作来自王计兵作为外卖员的工作经历和生活体验。诗中通过描绘外卖员的日常工作，记录了在“低处生活”的普通劳动者们的生活。作者想要传达尽管生活在“低处”，但外卖员们依然在努力地追求自己的梦想和幸福。诗中“低处的飞行也是飞行”强调了每一个普通劳动者的价值和尊严，呼吁社会对他们的理解和尊重。这首诗歌不仅展现了外卖员的辛勤工作和坚韧精神，也表达了对生活的热爱和对未来的希望。

筑路工人一路向前

桑 子

87

到任何一个地方去
这样酷热的日子里
砾石给了我最广阔的疆域
城市和乡村在云中破晓
筑路工人一路向前
成为大地最后的拓荒者

那些沉默寡言的日子
在晨昏时鸟鸣般升起
桥梁架起
预制的浮坞梁板
金色的钢筒对抗
生猛的潮汐
钢筋在水泥浆中
稠密生长

我们的城市和乡村在口舌之争

在恋爱在奔跑
筑路工效力于最恒久的相聚
他们抛光了所有的日子
每一天都是出发都是归途
银光闪闪

矿石熔化大地母腹是起点
每个人信心百倍去任何地方
如血液奔流
发白的道路通往所有地平线
筑路工记录着时间和地点
路过的一切都将不朽

作者简介

桑子（1975—），本名王继红，浙江绍兴人，当代诗人，浙江省作家协会第十届全委会委员，绍兴市作家协会副主席，浙江省首批“新荷人才”，著有《永和九年》《栖真之地》《德克萨斯》《雨中静止的火车》《野性的时间》《向天空拉满弓》等诗集、长篇小说和散文集十余部，曾获浙江省优秀文学作品奖、扬子江诗学奖、滇池文学奖、李杜诗歌奖、紫金·江苏文学期刊优秀作品奖等。

作品简介

本诗作者作为一名公路桥梁建设工作者，亲历和深入观察、感受大量工程现场，

《筑路工人一路向前》创作于长期关注筑路工人生活与工作的背景下，在真切的个人化视角的田野考察中，记录了那些很有可能迅速消失在历史长河中的景象，倾听那些宏大或幽微的声音。诗歌不仅记录了筑路工人的日常劳作，更表达了对这些“大地拓荒者”的敬意和赞美。

梦中的炊烟

张榜奎

88

故乡的炊烟
袅袅徐徐
不时地在心头升起
一阵阵凛冽的风
怎么也扯不断我昨夜的梦
整宿地
把来自农村的打工人折腾

我一股脑儿
把“乡愁”打包成思念
悄悄塞进囊底
毅然背起
装着“思念”的行囊
告别繁华的城市
挤进“春运”的列车里

差不多三年光阴

我用心、用汗水
编织城市与自己共同的梦
也编织着美好生活的憧憬
安居乐业的居民小区
处处有我披星戴月的身影

一幢幢高楼大厦
一刀一灰
掺杂进、涂抹着我的汗滴
犄角旮旯印满我奋进的足迹
我以小区建筑为纸
吃苦耐劳为笔
绘就了都市小区的整洁美丽

乡间小路像一条脐带
通达村口娘站立的老槐树底
娘拄着一根拐杖
朝着我归来的方向
翘首期盼
我和母亲紧紧相拥
她把儿揽进怀两颗心紧紧黏在一起

佝偻着腰背的老爹
屋里屋外地忙活

他，快乐得像个孩子
又是杀鸡又是宰鱼
他把“心思”做成一桌美味
只等着我这个
不孝的儿子早点儿回去

老屋后的一树腊梅
绽放几朵小花
小河岸上的几许柳丝
吐出嫩嫩的新绿
我回家了
就连屋顶的炊烟
也久久舍不得散去

今夜，我把娘的白发
当成一场皑皑的雪
我把爹阡陌的额头
当成一溪潺潺的水
经久不散的炊烟啊
满载着爹娘和我的思念
在雪中、在水边来回地传递

作者简介

张榜奎（1952—），笔名晓奎，山西省沁水县人，中华诗词学会会员，现任北京市西城区作家协会楹联专业委员会《西城楹联》编辑部主任、《三晋诗林》文学社文学顾问兼楹联主编。作品曾多次荣获“第十三届天籁杯中华诗词大赛金奖”、“第五届中华诗人踏春行创作特等奖”、“纪念双拥运动80周年征文一等奖”、“西城故事”主题文学奖等奖项，被授予“天籁之音·德艺双馨中华诗词家”称号。参军前后分别参加了“三线”建设和国防施工，退伍后从事工会工作，出版的著作有诗集《补拙居吟稿》、散文集《岁月拾零》。作品散见于《工人日报》《百年潮》等报刊。

作品简介

《梦中的炊烟》创作灵感来源于作者在疫情期间和工人师傅换窗时的对话，诗中通过对农民工在城市中的辛勤工作、对家乡的思念以及与家人团聚的渴望的描绘，展现了他们为城市建设作出的贡献和牺牲，表达农民工对家的思念和对团聚的渴望。

北方的风雪

盛学荣

89

冬天是飘雪的季节
雪花纷飞的日子
卡车人风雪兼程
总想早一点回家
亲人在外
牵挂的人
心像空中飞舞的雪花
悬而未决不知归处
回家时抖落满头风雪
灶膛内炉火正红
映红妻子的脸
凝眸间
刹那仿佛一生
北方的风雪
依旧在初春的风中弥漫
漂泊不定的日子

年复一年
车子会在风雪中搁浅
梦想也会
风吹雪冷路漫漫
结伴同行的人们
终究会渐渐走散
往前走吧
别怕孤独和艰难
如果不走向远方
你会以为眼前
就是整个世界
所有坎坷的道路
都有它的道理
唯愿最后一程
花开万里

作者简介

盛学荣（1973—），甘肃张掖人，当代诗人，17岁辍学去黑河淘金，辗转建筑工地，后来买下了人生第一辆东风大货车，跑起长途运输，并根据旅途见闻和生活经历写下了许多相关的诗歌。

作品简介

《北方的风雪》是作者在春天从乌鲁木齐装货返回的驾驶途中，一路目睹着因为风雪天气而造成的艰难路况，有感而发。在这首诗中，作者以细腻的笔触描绘了对家的深切思念和对平安归家的渴望，同时也表达了对于未来美好生活的笃信与期待，对于所有在艰难环境中依然坚持前行的人们的共勉与祝福。

执 火 者

扎西才让

90

海拔三千六百米，也会：
有钢铁雄鹰，翱翔在神灵信守的天宇。
有公路如蛇，在那雪域高原游走。
有梦幻数字，暗自潜入千家万户。

更有光源如豆，从宙斯那里，来到人间。
有时代之光，借浩荡春风，照亮风雪中的族群。
有执火者，从洞穴里出来，在夜幕下点灯。

哦，还有被灯火从黑暗里唤醒的村寨与牧场。
星空下，我们躯体通透，脸膛红得发亮，
似乎一夜间恩爱加身，来到黎明前的观日台。

也许我们真的开启了大德的兆示：
“星火迟早会沐照你们，就在那日月之间。”
当执火者走上大道，有人召唤：来吧，光明！

作者简介

扎西才让（1972年—），甘肃甘南人，藏族诗人，中国作家协会全委会委员，甘肃省作家协会理事、中国诗歌学会常务理事、甘肃“诗歌八骏”之一。扎西才让现任甘南州文学艺术界联合会主席，致力于推动甘南地区的文学创作与文化发展，他的作品涵盖诗歌、散文、小说等多种体裁，多次被《新华文摘》《诗选刊》等权威刊物转载，多次获得“全国少数民族文学创作骏马奖”、“甘肃省敦煌文艺奖”、海子诗歌奖等重要文学奖项。

作品简介

《执火者》是扎西才让以甘南藏族自治州为背景创作的诗歌，描绘了供电工作者为藏区带来光明的场景。诗中通过对“执火者”的描写，展现了电力工作者在高原地区的辛勤付出，以及他们为当地社区带来的希望与温暖。这首诗不仅是对劳动者的赞歌，也体现了扎西才让对家乡甘南的深厚情感和对时代变迁的深刻感悟。

身　影

狄力木拉提·泰来提

91 直到后来
我自己站在铁路沿线
守护千里戈壁
中国铁路工人的名号
一枚无畏的徽章
印刻在我的心上

那一年
我成为一名铁路工人
见证了那两条钢轨承载的使命
蒸汽时代的结束
内燃机的轰鸣
改写了历史
护路人的身影
还有他们手中的红绿黄旗
常常孤独地出现在
飞沙走石的荒漠

只有喋喋不休的钢轨
陪他们走完
一段又一段铿锵的历程

鬼哭狼嚎的风
龇牙咧嘴的怪兽
兰新铁路这段最荒凉的世界
多少筑路者倒下
又重新站起无数个护路者
他们是移动的线杆
减震的轨枕
寒冬里的信号灯
而我的身影
也曾在他们当中漂移

风餐露宿是他们的菜单
风雨兼程是他们的日记
无怨无悔是他们的信念
前赴后继是他们的家风
无论是火车司机
货运人员
扳道员、巡道工
通信工、列检员
他们是不同种类的防风植被

钢铁战士

他们把一枚枚闪亮的徽章
别在胸前肌肉最发达的部位
让使命和脉搏一起跳动
那一个个风中屹立不倒的身影
永远是中国铁路
横亘东西，纵贯南北
印刻在记忆深处的绿皮车
穿越到复兴号高铁
完成一道闪电时
钢筋铁骨的守护者

作者简介

狄力木拉提·泰来提（1963—），新疆伊宁市克伯克于孜乡人，维吾尔族，一级作家、诗人、文学翻译家、中国诗歌学会会员，中国少数民族作家学会理事，曾任新疆作家协会副主席、《民族文汇》杂志创刊主编。狄力木拉提·泰来提1982年开始用汉文创作诗歌，出版诗歌集《大漠魂》《一路向南》《一百零一片红叶》，译著35部。他的作品多次获奖，包括全国少数民族文学创作“骏马奖”翻译奖、天山文艺奖等。

作品简介

《身影》是狄力木拉提·泰来提以铁路工人为主题创作的诗歌，反映了他对铁路工人辛勤付出的敬意。这首诗描绘了铁路工人在艰苦环境中的工作场景，展现了他们不畏艰难、坚守岗位的精神。

香江潮声（组诗）

劳动者礼赞

孙重贵

92

破晓的曙光冲破夜的幕帐
唤醒了沉睡万年的漫漫洪荒
劳动的号角已响亮吹起
奋进的身影在天地间奔忙

崇山峻岭中桥梁凌空飞架
筑路先锋逢山开路神采飞扬
矿井之下矿工顽强掘进
从黑暗深处采出光热宝藏

广袤的沃野之上农机穿梭
麦浪翻金高粱吐红稻穗飘香
农民兄弟挥洒汗水耕耘
擘画五谷丰登的丰收景象

蓝色大海里巨轮乘风破浪
水手沿着海上丝绸之路远航
渔家泛舟征服汹涌波涛
网起梦想更收获鱼虾满舱

浩瀚宇宙中飞船翱翔旋转
宇航员向太空挑战敢于担当
华夏大地高铁风驰电掣
驾驶者勇往直前驰骋八方

劳动者啊祖国的钢铁脊梁
用双手把山河绘出崭新模样
时代潮头敢于砥砺前行
一腔热血铸就出盛世辉煌

作者简介

孙重贵（1946—），祖籍安徽，1982年旅居中国香港，中国香港文化学者，当代诗人，任香港中华文化总会副理事长、香港中国旅游协会会长、国际华文诗人笔会会长。创作出版专著40余部，作品发表于百余种刊物和新媒体，入选众多中外选集及香港教材，被翻译成多国文字，荣获“冰心儿童文学奖”4次、“全国十佳诗人”“中国当代徐霞客”等称号，并被授予“中国当代诗歌奖贡献奖”。

作品简介

《劳动者礼赞》是孙重贵以各行各业的劳动者为主题创作的一首诗歌，作者长期关注社会各阶层，尤其是普通劳动者的奋斗与奉献。这首诗通过描绘不同行业的劳动者在各自岗位上的奉献和成果，将劳动者比喻为“祖国的钢铁脊梁”，展现了劳动者在国家发展中的重要地位，并对他们进行了深情礼赞。

咏题彭士禄院士

唐大进

漂泊少年尝世艰，
牢中屡过鬼门关。
风云际会舍生死，
沧海横流任去还。
伟业功成核潜艇，
英才名铸铁江山。
满门奉国垂青史，
浩气清辉天地间。

作者简介

唐大进（1958—），原籍广东汕尾市，中国香港居民，当代诗人，曾在深圳市政府工作多年，移居中国香港后现任中华诗词学会顾问、香港诗词学会会长、深圳市书法家协会名誉主席、广东汕尾商会名誉会长。唐大进在诗词、书法等领域有较高造诣，其作品多次在国内外发表和展览。

作品简介

《咏题彭士禄院士》是唐大进为纪念中国核潜艇事业的重要奠基人彭士禄院士而创作的诗词，他通过这首诗表达了对彭士禄院士的崇高敬意和对国家核事业先驱者的深切缅怀。

彭士禄（1925—2021），无产阶级革命家彭湃之子，中国核动力科学与工程学科的奠基人，核动力领域开拓者之一，中国核潜艇首任副总设计师。1945 年入党，1951 年留学苏联，1958 年回国投身核动力事业。他主持设计了我国第一座核潜艇陆上模式堆，参与研制了第一艘核潜艇，主导大亚湾核电站技术路线选定，组织设计秦山二期核电站。1994 年当选中国工程院院士，获国家科技进步奖特等奖、何梁何利基金科学与技术成就奖等。2021 年获“时代楷模”称号，2022 年被评为“感动中国 2021 年度人物”。

你的风采
——致劳模

朱吴妮娜

每段温暖的时光里
总有人默默努力
是他是你
坚守坚持淡泊名利

每个平凡的岗位里
总有一个个群体
有他有你
敬业奉献不惧风雨
哦，你的风采精益求精

争创一流中有你的身影
哦，艰苦奋斗勇于创新
世界因你变得更加美丽

每段温暖的时光里

总有人默默努力
是他是你
坚守坚持淡泊名利

每个平凡的岗位里
总有一个个群体
有他有你
敬业奉献不惧风雨

哦，你的风采精益求精
争创一流中有你的身影
哦，艰苦奋斗勇于创新
世界因你变得更加美丽
哦，你的风采精益求精
争创一流中有你的身影
哦，艰苦奋斗勇于创新

世界因你变得更加美丽
世界因你变得更加美丽

作者简介

朱吴妮娜（1968—），中国香港知名公益爱心词曲作家、中国当代词作家、香港音乐家协会副主席、全球华人词曲作家协会副主席、2018年度世界华人音乐家协会常务理事、中国音乐文学会会员、香港国际创意学会名誉主席。她积极撰写主旋律公益歌曲，在中国香港和内地举办多场公益演唱会，并在香港发行原创的粤语和国语CD专辑，数十首歌曲被总政歌舞团、空政文工团、中央歌剧院、中央音乐学院、上海歌剧院、广东歌舞剧院及央视各栏目歌手演唱，几十首歌曲作品获奖，并多次在电台直播、央视演播，举办多场线上和线下的公益演唱会。

作品简介

《你的风采——致劳模》取材于多个行业劳模的真实故事，以“淡泊名利”“敬业奉献”的精神图谱为经，以“艰苦奋斗”“勇于创新”的实践轨迹为纬，将“劳动最光荣”的时代强音编织成艺术长卷，礼赞了坚守在平凡岗位上用劳动将“世界变得更美丽”的劳动者们。

香江晨曦

梁秉钧

东方破晓，香江畔，
渔船归航，渔夫辛勤劳作。
朝霞映照，波光粼粼，
他们用汗水换来的丰收，满载而归。
劳动者的身影，融入晨曦，
他们的歌声，随风飘荡。

作者简介

梁秉钧（1948—2013），笔名也斯，祖籍广东新会，定居中国香港，中国香港著名诗人、散文家、小说家、文学评论家和文化研究者。

作品简介

诗作《香江晨曦》描绘了中国香港渔民在清晨归航的场景，诗中通过对香港特区清晨的美丽景色的描写，映衬了渔夫们在辛勤劳作后满载而归的喜悦，表达了对劳动者的赞美和对劳动成果的珍视。

劳动者的赞歌

黄维梁

朝霞映照香江水，劳动者起早贪黑。
手持工具筑高楼，汗水洒满每一块砖。
他们用双手创造奇迹，用智慧点亮城市。
劳动者的赞歌，响彻云霄，永不停息。

作者简介

黄维梁（1947—），笔名梁佳，出生于广东汕头澄海区，中国香港诗人、散文家、学者。曾任香港中文大学中文系教授、美国威斯康星大学麦迪逊分校访问学者、国立中山大学（台湾高雄）客座教授等职，2001 年起担任香港新亚洲出版社有限公司总编辑及新亚洲文化基金会秘书长。黄维梁的学术著作丰富，著有《中国诗学纵横论》《香港文学初探》等学术论著及创作 16 部，散文入选中国香港、大陆、中国台湾近二十种选集，获“梁实秋文学奖”等奖项。

作品简介

《劳动者的赞歌》创作于中国香港经济快速发展的时期，作者通过简洁有力的语言，描绘了劳动者在香江水畔起早贪黑、挥汗如雨地手持工具建筑高楼的场景。这首诗不仅表达了对劳动者的敬意和赞美，也体现了作者希望通过文学唤起社会对劳动者重视和尊重的初衷。

濠江韵致（组诗）

劳动简史
——寄澳门工联

甘远来

93

依次脱去以前音韵的衣袍，温驯地
让我俯首，听那生长的声音。

绳索打结，削去枝叶，在溽暑中
摸索我重生的形状与体肤，
摸索它们凹凸、黑白，不规则的真名——
亚美打利庇卢大马路；摸索
更远的路线，横或直，如出一辙。

看啊，蹈火的轮船削破了水，渡洋而来
运载厚重并不喧哗的贝类。巴素打尔古
已被人遗忘他的身份，最终同样地回归。

在大三巴脚下漫长的阶梯旅途，
在人们相互欢呼的宴会，
在永恒的蓝白色的围或里，
在石塑像低垂的视线，
在潮湿的街道，在呼吸急促的
夜晚；在汗水如葵花般绽放的白昼，
躯体的光芒四散，如钢铁
意志和力量。使它建立，
使它以柔软和实在的姿态
庇护纷纭的人民。碑石般

我看到工人的肌腱，反复
移动的铁锤；我看到屈曲的钢缆，
我看到迸发的火星，如树般盘旋；
我看到那双隐于尘烟当中的眼睛。

眼睛之后，风穿过华士古的广场，
像一个镂空的廊道。我真切地期待
一群人的同声呐喊；我恍惚间
又看到他们为了贫苦而发声的浪潮，
一波波，涌向我；风又穿过
旧日便存在的广场。黑白的石子

砌成轮船的形状，宇宙的历史仍在
扑向——

我们，永远互相依存，默默流动。

作者简介

甘远来（2001—），中国澳门人，现供职于澳门工联总会办学之劳校中学，任中文教师。澳门笔会监事、澳门别有天诗社理事、中国诗歌学会会员。《澳门日报》《华侨报》专栏作者。曾获澳门文学奖冠军、台湾创世纪七十年诗奖、香港青年文学奖等。

作品简介

《劳动简史——寄澳门工联》是他受到中国澳门工人运动历史启发后，创作的反映工人奋斗与历史变迁的诗歌。诗中通过对中国澳门工人日常工作的描绘，展现了他们的坚韧不拔和对美好生活的追求，也表达了他对劳动者的敬意与感激，旨在铭记艰辛历程，传承勤奋精神。

赞颂顾诵芬院士

李烈声

深惭科技后于人，
默默耕耘剧苦辛。
全力作雄非作霸，
一生谋国不谋身。
云龙霹雳超音速，
雷电驱驰震世频。
百折难回真汉子，
长空圆梦最堪珍。

作者简介

李烈声（1929—），又名李瑞鹏，中国澳门诗人，中华诗词学会会员、澳门笔会会员、香港作家联会会员。1929年出生于特立尼达和多巴哥，是中国澳门资深写作人，喜欢研究历史掌故，擅长旧体诗词、随笔与短篇小说。20世纪四五十年代曾任中外多家报社主编及专栏作家。1954年移居特立尼达和多巴哥，2013年重返澳门，现为《澳门华侨报》专栏作者、澳门二龙喉诗友会成员、香港诗词学会顾问及香港诗词文艺协会顾问，出版作品《冷月无声》《回首风尘》《听雁楼诗集》《白银》等。

作品简介

《赞颂顾诵芬院士》是中国澳门诗人李烈声创作的一首颂诗，旨在表达对顾诵芬院士的崇高敬意。

顾诵芬（1930—）江苏苏州人，我国著名飞机设计大师、飞机空气动力学设计奠基人。1951年毕业于上海交通大学航空工程系，投身航空工业。他建立了新中国飞机空气动力学设计体系，开创了自主研制歼击机先河，为航空科技事业作出重大贡献。顾诵芬1991年当选中国科学院院士，1994年当选中国工程院院士，是我国航空界唯一的两院院士。他曾获2020年度国家最高科学技术奖、国家科学技术进步奖特等奖等多项荣誉，获全国五一劳动奖章，还被评为全国劳动模范、全国优秀科技工作者等。

沁园春·澳门劳工颂

郑　靖

南海之滨，盛夏来临，葡韵荷香。看渔民赤脚，立潮头上；菜农烧腊，各自称王。地盘工人，汗挥如瀑，万众齐心开大荒。回归路，运匠心智力，再谱辉煌。

劳工无上荣光。行两制、群情更激扬。望濠江如镜，万千星斗，无边风月，百卉争芳。澳门工联，同心共祝，改革英雄福寿祥。待来日，筑中华梦圆，腾踏飞黄。

作者简介

郑靖，女，当代诗人。澳门大学人文学院哲学博士候选人，澳门作家协会理事长、澳门中华诗词学会副秘书长、澳门近代文学学会理事、澳门福建海外联谊会理事，兼澳门文化界联合总会、澳门笔会、澳门中华教育会等文化团体成员。她致力于澳门文学文化的研究和推广，其文学作品体现了深厚的人文关怀和文化使命感。

作品简介

《沁园春·澳门劳工颂》创作于2024年8月，是郑靖为歌颂澳门劳工而创作的诗词。郑靖通过实地观察和深入思考，认为澳门繁华的背后是无数普通劳动者的辛勤付出，而这些劳动者的作为却常常被忽视，于是决定用诗词为他们发声，希望呼吁社会关注与尊重劳工群体。此词不仅是对澳门劳工的赞歌，也是对劳动精神的礼赞，展现了澳门在“一国两制”政策下蓬勃发展的新面貌。

宝岛风华（组诗）

秋　　收

痖　弦

94

金黄的稻田里，农夫们挥动着镰刀，
一束束稻穗在手中跳跃，汗水滴落在泥土上。
秋风起，稻香飘，丰收的喜悦在心中荡漾。

作者简介

痖弦（1932—2024），本名王庆麟，生于河南南阳，后移居中国台湾。他是创世纪诗刊开创者之一，台湾现代诗的重要代表人物。

作品简介

诗歌《秋收》通过生动的描写，展现了农民在秋收时节的辛勤劳动，体现了劳动的美丽和劳动者的伟大。诗中的“一束束稻穗在手中跳跃”和“汗水滴落在泥土上”等描写，不仅展现了劳动的辛苦，也表达了对劳动者的敬意和对丰收的喜悦。这首诗不仅是对农民劳动的赞美，也是对劳动精神的颂扬，强调了劳动在创造美好生活中的重要作用。

田　间

郑炯明

朝阳初升，露珠闪烁，
农夫们踏着晨曦，走进田间。
犁铧翻动泥土，播种希望，
一天的辛勤劳作，换来满地的绿意。

作者简介

郑炯明（1948—），生于中国台湾高雄，当代诗人。

作品简介

诗歌《田间》以细腻的笔触描绘了农民在田间劳作的场景，展现了农民的辛勤付出和坚韧精神，表达了对劳动者的敬意。

老农卖笋

詹澈

他盘腿端坐，如一丛竹
斗笠的竹叶已叉开向上开花
尖斜的影子像刚冒出头的竹笋
手指在阳光下坚硬如竹节
脚板也如竹根一样斑驳着土色

比太阳早起床，沾着露水
随雾气摸着小路走进竹林
比地下沉默着的笋苗还安静
才能听见竹笋要冒出土的声音
鲜嫩的竹笋看见阳光很快就老了

比山猪更敏锐，与山猪争食
在山猪嗅出土下笋尖的甜味前
挖走竹笋，背篓晨曦下山
盘腿坐在交警不会干扰的角落
让识得笋尖甜味的路人驻足

与他相隔一根竹子的距离，我的影子
驻留了一根竹子撑过太阳的时间
像山猪嗅到土下嫩笋的味道
笋香喂给我《诗经》里清澈厚实的初心
竹叶端午包粽子，香味留给我屈原的求索

作者简介

詹澈（1954—），本名詹朝立，中国台湾省彰化县人，当代诗人。

作品简介

诗歌《老农卖笋》通过细腻描写老农在竹林中辛勤劳作、挖笋卖笋的场景，赞美了劳动者的辛勤付出和劳动智慧。诗中“他盘腿端坐，如一丛竹”“比太阳早起床，沾着露水”突出了老农的辛勤，“比地下沉默着的笋苗还安静，才能听见竹笋要冒出土的声音”展现了老农对自然的敏锐感知。诗的结尾“与他相隔一根竹子的距离，我的影子驻留了一根竹子撑过太阳的时间”表达了对老农的敬意和赞美，颂扬了劳动精神。

中国高铁（组诗）

高铁之美

田　湘

95

把它当作闪电的影子
我们坐在闪电里
身体与思想轻了起来
我们追上了一座座城市
然后退去，喧嚣也退去

一场雨洗净了窗外
江山无边无际
永恒的风景瞬间滑过

车厢内如此安静
世界在等待我们
借助闪电的光芒
我们正在抵达，灵魂追赶

我们伸开臂膀，把地球紧紧抱住
我们听见了地球的心跳
诗和梦想在远方
我们用手中的笔画着弧线
去托起太阳巨大的光影

作者简介

田湘（1962—），湖南东安人，现居南宁，中国诗歌学会理事，全国公安文联文学及文艺评论专业委员会副主任，铁路公安文联副主席兼作协主席，广西作协原副主席、诗歌委员会主任，中国铁路作协原副主席。参加《诗刊》第十届青春回眸，入选多种诗歌年选并多次获奖，著有《雪人》《练习册》《空船》等九部诗集。

作品简介

《高铁之美》用诗意的笔触，将高铁这一现代工业产物升华为具有奇幻美感的存在，通过描绘高铁的速度、窗外风景以及人与世界的联系，展现了高铁的速度之美、自然之壮与精神之远，使诗歌既有现代气息，又蕴含对生命、自然和人类关系的深刻思考，体现了诗人对高铁的独特感悟与艺术表达。

赞中国高铁

张地君

九州今日宇翱飞，国众朝出伴暮归。
十纵十横阡陌返，八方八向网环回。
绘图导线科英技，筑径开蹊农汉随。
秦卒创修一统道，现期辉耀速高追。

作者简介

张地君（1950—），笔名雪野，字红土村人，号秦川孺子，陕西周至人，现为云南省昆明市书法家协会会员、中国书法家协会会员、中国美术家协会会员、云南省诗词学会常务理事、圆通诗社社长，云南省老干部诗词协会常务理事，副会长，兼圆通诗会会长。他被授予“新中国成立70周年人民功勋艺术家”称号，并多次在国内外艺术展览中获奖。

作品简介

诗歌《赞中国高铁》的灵感源自张地君与朋友乘坐高铁前往云南滇西的旅行。在这次旅行中，他深刻感受到高铁的快捷与舒适，对比过去交通的不便，深感时代的巨变。沿途的风景与高铁的平稳运行激发了他的创作热情，他将对高铁的赞美和对国家进步的感慨融入诗中，表达了对现代化交通和中国发展成就的敬意。

钢铁巨龙驰过

王勇平

八达岭上，气象万千，云雾缭绕
长城脚下，巨龙飞奔，银光闪耀
红的晚樱，粉的山桃，黄的连翘
将这春天的山山岭岭
装点得分外妖娆
在莽莽苍苍的燕山腹地
隐形于山的八达岭长城站
埋深于大地 102 米下的精美构造
地下面积 3.6 万平方米的阔大空间
四条线路衔接京张铁路两端
一列列载着复兴号的高铁
以 350 公里的时速铿锵驰过
风驰电掣地凸显着速度与力度
气定神闲地展示着厚重与灵巧
北斗卫星导航
智能自动驾驶
客流叠层进出

换形应急廊桥
切换的一幅幅时空画面
惊艳全场，芳华正茂
一声风笛，百年绝响
回荡在历史的时光隧道中
吹奏出天籁般的咏叹调
古老的东方民族
站到了国际舞台中央
再一次昂起了头、挺直了腰
全世界都在屏声静气
倾听中国的故事
目睹中国的奇妙
近在咫尺的小站青龙桥
几座站房，几条股道
伴着挂在古长城残垣上的明月
历经峪谷底强劲的雨打风吹
与现代化长城高铁站
形成鲜明的历史反差与对照
可谁又能否认它是中国铁路辉煌的始点
就像从沉睡中初醒的蛰龙
在华夏大地掀起一阵突如其来的狂飙
开拓了那个时代的文明与审美
承受了那个时代的惊骇与呼叫
今天，发黄而又醒目的历史注脚

依旧染濡那个时代的车轮浮雕
那时的旧中国积贫积弱
在如晦的风雨中踟蹰、飘摇
多少仁人志士为救国图强竞折腰
詹天佑，登上了历史舞台
成为中国铁路一代天骄
他目光如炬，洞察秋毫
大声疾呼修筑中国自己的铁路
京张之路，铺垫着巨大的政治、经济和军事价值
八达岭长城，更是西北通往北京的咽喉
“此路早日一成
公家即早获一日之利
商旅亦早享一日之便安
外人亦可早杜一日之觊觎”
他用自己的勇气和卓识
振聋发聩地喊出让民族安身立命的基调
亲自领衔勘测、设计和施工
在战乱灾荒的年代成就了一幅精美绝伦之作
扬眉吐气地回击了来自西方列强的掠夺、傲慢与轻佻
大自然的山实在陡峭
帝封官的山更是压迫重重
难以置信的经济压榨
无法想象的技术困扰
詹天佑左冲右突迂回婉转

在千辛万苦中殚精竭虑
在千难万险中流离颠簸
终于，独一无二的“人”字形铁路横空出世
终于，倔强的民族性格再次经受猛烈的打磨
写在大地上的钢铁“人”字
岂止是攻克了自然界的工程难题
更是呼唤和滋养了人的觉醒、人的尊严与人的灵魂丰饶
从此，中国铁路有了自强不息的凛然底色
中国铁路有了鲜明亮丽的精神路标
詹天佑，这位中国铁路之父
为中国铁路耗尽了全部心血
如今在这里化成一尊熠熠生辉的铜雕
在这里永久地守护
在这里专注地凝视
在这里深情地微笑
从 1909 年青龙桥发出第一趟列车
到 2019 年长城站迎来第一批旅客
110 年过去了，岁月蹉跎，时光缥缈
饱经沧桑的中国铁路终于石破天惊独领风骚
任风多大雨多猛霜多重
任山多高沟多深路多遥
一直在路上，一直向前行
如栉风沐雨的松柏向上攀登的凌霄
一次次提速，刷新完美的纪录

一回回延伸，打造崭新的坐标
复兴之梦悲壮如夸父追日
理想之翼奋飞似鲲鹏扶摇
当京张高铁从“人”字形路之下“一”横铺起
新旧京张铁路便地上地下立体交会成了“大”的符号
这结合着传统韵律和现代节奏的“大”字
凝聚了大气派大手笔大谋略
催生出大跨越大变化大成效
从自主设计修建零的突破到世界先进水平
从时速 35 公里到 350 公里
真实记录了从羸弱到强大
生动诠释了从追赶到反超
这是全方位全过程的清晰见证
见证了中国铁路的发展
见证了中国综合国力的飞跃
也见证了中国铁路人的赤诚、智慧和情操
而今，在长城脚下回眸远眺
松涛呼啸，鹰击云霄
血在沸腾，心在燃烧
地面上的老站，簇拥着网红打卡
地底下的新路，聚焦了新闻广角
百年的对接，百年的呼应
磨难的过往，风流的今朝
相信明天更加灿烂更加美好

作者简介

王勇平（1955—），中国作家协会会员、中国诗歌学会会员。他长期在铁路系统工作，并创作了大量反映中国铁路发展成就和劳动者风采的作品，出版有诗集《采风集》《大地之子》《在诗的王国里》等。

作品简介

《钢铁巨龙驰过》以京张高铁为背景，通过八达岭长城站的宏大场景，展现了中国高铁技术的飞速发展和国家的现代化成就。诗中不仅回顾了中国铁路从詹天佑时代到新时代的历史跨越，还表达了对铁路建设者的敬意和对国家发展成就的自豪。通过对比新旧京张铁路，诗人深刻体现了中国从“追赶”到“领跑”的历史性转变，展现了中国铁路人不屈不挠的精神和智慧。

民航风采（组诗）

三万英尺之上的笑容

毛　竹

96

第一缕光穿过清晨的微凉
正四处追赶你忙碌的背影
很多人还在微酣的梦里
而你已经开启了新一天的行程

阳光初升万物苏醒
你与飞机一起等待旅客的光临
你好，欢迎登机
真诚的问候让彼此不再陌生

三万英尺的高空光影随行
客舱内送餐发水打开阅读灯
随时关注每一排的呼唤铃
旅途虽短却有宾至如归的感动

夜色已经浸透城市的每个角落
你目送最后一名旅客走下舷梯
停机坪橘黄的光已在追赶黎明
当年的那些梦想仍旧璀璨如星

如果能够重新来过
这个行业这份工作
你说还会是自己的最美遇见
民航人是人生最幸运的选择

作者简介

毛竹（1970—），就职于西南航空公司，曾任国航重庆分公司客舱服务部乘务三分部书记。作品发表于《重庆日报》《中国民航报》等报刊，累计200余篇，曾在《重庆商报》开设专栏，其作品充满了对民航事业的热爱与感悟。

作品简介

《三万英尺之上的笑容》以民航工作者的视角，描绘展现了民航人在清晨忙碌、在高空服务旅客的温暖瞬间，传递出对工作的热爱、对旅客的关怀以及对职业的自豪感。作品体现了民航人在平凡岗位上的坚守与付出，以及对这份职业感受到的幸福与满足。

机坪上的梦

王胜利

早晨的第一缕阳光，
照射在机坪上，
温柔而充满希望。

飞机的隆隆声，
刺破清晨的宁静，
猛烈而富有力量。

万里长空，
等待她去翱翔。
千山万水，
期待高歌引吭。

插上翅膀，
追寻梦中奇想。
俯瞰大地，
你我奋追启航。

越过山丘，
享受山中奇景。
越过海洋，
独享惊涛骇浪。
穿过云层，
逍遥人间仙境。
横跨沙漠，
领略大漠孤烟。

机坪上的晚霞，
红得似火，
猛烈而震撼。
终究，
黑夜降临，
万物归寂。

但这不是终点，
不信你看，
天空中灯光闪闪，
不是归航，
点点是梦在远航。

作者简介

王胜利（1992—），河南省开封市人，南航工程技术分公司上海基地职工。

作品简介

《机坪上的梦》创作于2022年5月的一个晚上，当看着落地的和排队等待起飞的飞机，作者想起自己在工作岗位上的经历，不由得感叹时光飞逝。一代代民航人将青春洒在了机坪和天空，将精力倾注在了迎来送往的航班上。全体民航人通宵达旦地守护着数以万计的航班，每一个航班都凝聚着民航人的汗水和智慧，民航人的梦也随着航班远航。作者以此诗为这充满激情和力量的青春谱写赞歌。

我们和祖国一起走过

赵清妤

一

我们和祖国一起走过
走过万水千山
炮火硝烟散去　黎明曙光乍现
天安门前　掷地有声　庄重宣言
中华大地　日新月异　换了人间

我们和祖国一起走过
走过浩瀚苍穹
两航起义　英模先辈气势如虹
上飞初创　剑指长空
龙华塔下　孕育着民机的希望

二

我们和祖国一起走过

走过岁月长河
大漠孤烟　“两弹”巨响震惊世界
天际遨游　“一星”升空唱响赞歌
伟大建设的年代
春天的故事从南方散播开来
燎原的火种啊
也化作改革开放的春风
吹拂着神州大地

我们和祖国一起走过
走过十年磨剑
在技术封锁、物资匮乏的年代
我们用双手托举起时代的期盼
将梦想锤炼在每一片机翼上
在铆枪声中，大飞机人聆听着希望
“运十”，就是那艰难险阻中涅槃的凤凰
而今　又化作“永不放弃”的图腾
静静矗立在历史深处
见证着蓝天梦想

三

我们和祖国一起走过
迈向新征程的崭新航道

蛟龙入海　嫦娥奔月　天眼探空　北斗组网
从传统的工厂车间，到智能化驱动的元宇宙
从机械制造的单一模式，到 5G 赋能下的万物互联
从传统工业时代的坚守者，到智能制造时代的引领者
全面建成小康社会誓言铿锵
新时代的号角铮铮　战鼓擂响

我们和祖国一起走过
走过大飞机人的长征路
C909 勇敢探路，突破桎梏，自主翱翔
C919 接棒起航，立项交付，穿云入藏
以抢滩者的姿态，为中国赢得世界的瞩目
而如今，C929 已然整装待发
怀揣着更高远的向往
前往未知的边疆
它们，是飞向蓝天的钢铁雄鹰
是中国制造的未来与脊梁

我们牢记领袖嘱托
攻坚克难 逢山开路
遇水搭桥 锲而不舍　久久为功
誓要在每一寸鲜花开遍的土地上
写下属于中国式现代化的宏伟篇章

作者简介

赵清妤（2000—），现就职于中国商飞上海飞机制造有限公司，上海市虹口作家协会副秘书长。作品在《小说选刊》《新民晚报》等报刊发表300余篇。出版有《十七岁的秘密花园》《银色的翅膀》。

作品简介

《我们和祖国一起走过》创作于2024年祖国75周年华诞，以诗意的语言勾勒了中国大飞机事业与祖国同频共振的壮阔画卷。这首诗以“大飞机人的长征路”为脉络，讴歌了商飞人勇担使命、突破桎梏的豪情，将钢铁雄鹰翱翔天际的壮丽图景，升华为中国式现代化征程中“大国脊梁”的铿锵宣言。

金融经纬（组诗）

金融科技魔方

罗鹿鸣

97

我不记得自己是如何被金融科技引领
穿过智力的峡谷、体能的高山、效率的丛林
从一个无所不做的脑力与体力劳动者
变成一个四体不勤的银行白领

先是揿着嘀嘀发声的计算器
把从上古结绳记事进化而来的算盘淘汰干净
继而，电脑进入柜台，与打印机合作
打败了钢笔、账单、存折的手工记账史

点钞机（验钞机）粉墨登场
从此不再需要人工点钞的冠军亚军
电话银行开启无纸化银行的先河

把一个一个的客户连紧系稳

网上银行光速一般来临
一夜之间，银行的末梢伸进千家万户
客户们不用顶着风雨上门办理业务
在荧屏上点击鼠标，就能将款转出转进

没想到手机银行像海啸一般奔涌而来
所有的客户都享受到了便捷的金融服务
存款、取款，买卖黄金、理财产品和基金
都是动动手指头就能瞬间完成

现在，银行网点摆满了自助 ATM 机
取号机、智慧柜员机都成了客户经理
智慧银行已经深入人们的日常生活
无人银行，也在上海先施先行

所有这一切自动化、智能化设备
都与新一代网络系统融为一体
就像一个个英雄的终端与硬件的背后
都站着一众后台主机、网络、软件的巨人

世界科技进步月异日新
银行科技应用先施先行

科技金融细胞已遍及银行的毛细血管与机体
数字货币、数字银行已具雏形

作者简介

罗鹿鸣（1963—），湖南祁东县人，当代诗人，中国金融作家协会副主席，中国诗歌学会常务理事。在《诗刊》《人民文学》等国内外报刊发表诗歌1000多首，出版诗集与报告文学共15部。获第八届丁玲文学奖一等奖、中国金融文学奖一等奖、第六届中国长诗奖，多次受邀参加国家和国际重大诗歌活动。

作品简介

作为一名银行从业者，作者见证了中国金融科技迅猛发展的历程，新工业产品在金融领域先行先用普及开来，创作了大量新金融科技题材的诗歌，这首《金融科技魔方》是这些作品的总领诗歌。

指尖上的芭蕾

解志忠

她的手，编织过儿时军人梦
也擦拭过高考失利的泪水
从踏进农行的那一刻起
她的手便与现金、练功券长相厮守
没有戒指的精美装饰
只有普通钢圈磨出的厚实茧质
她的手被光阴磨去指纹
却练就出“指尖上的芭蕾”
让点钞成为一门艺术

她的手，接受过失败的蹉跎
但更多的是鲜花与掌声的祝贺
从传统技法的驾轻就熟
到“小鸡啄米”“刮刮式”国家专利的突破
她的手，练就强大的磁场与魔力
凝聚万千目光，挺进央视直播
从“状元 360”到“中国大能手”

从“为你点赞”到“挑战不可能”
她一路过关斩将，摘得桂冠
成为农行引以为傲的一面旗帜

她的手，撒开是满天星
握紧是一团火
倾情打造“王东云劳模创新工作室”
让“指尖上的芭蕾”从独舞到群舞
培育更多的能人匠士
为农行争光，为社会服务

作者简介

解志忠（1968—），笔名城市山林，江苏镇江人，当代诗人，供职于中国农业银行江苏镇江分行，中国诗歌学会会员、中国金融作家协会会员、中国农业银行作家协会会员。诗歌作品发表于《金山》《金融文坛》《金融时报》《农民日报》等报刊媒体，获第三届中国金融文学奖，著有诗集《不期而至的温柔》。

作品简介

《指尖上的芭蕾》是作者在参加了由中国农业银行总行工会组织的对本行劳模进行集体采访、学习的活动之后所创作。作品刻画了金融匠人王东云数十年如一日刻苦钻研点钞技能，勇夺各项赛事冠军，无私奉献传授技艺的形象，表达了一名普通金融员工对金融事业的热爱和忠诚，努力拼搏向上的高尚情怀。

致敬金融劳模

王新荣

心底的敬意化作掌声喷涌而出
是为你们感动，我们的金融战士
台前的鲜花辉映着你们的光辉形象
是为你们骄傲，我们的金融楷模
为什么你们胸前的奖章那样闪烁
因为你们的名字在东方响彻
为什么你们的事迹传颂如歌
因为你们的汗水如雨滂沱

你从小溪边走来
我们看到了你身后浩瀚的江河
你从高原上走来
我们看到了你身后的高山巍峨
你从柜台前走来
我们看到了你和客户的温馨祥和
是你们用青春与生命，激荡着跳动的脉搏
是你们用热血和汗水，谱写着金融业壮丽凯歌

你们是金融行业的尖兵
拥有着迎风破浪的豪迈气魄
你们是金融工作的垦荒者
默默无闻、创新开拓
你们是金融事业的擎旗手
示范引领、功不可没
你们是最优秀的典型和代表
是全国金融战线所有职工的楷模

年复一年走过的路啊
穿越了昆仑太行的巍峨
日复一日淌下的汗啊
涨起了黄河长江的波澜壮阔
你们感人的故事
已经成为金融界最美的传说
你们骄人的业绩
金融作家们正在记载和讴歌

新时代的号角已经吹响
新思想为我们扬帆掌舵
让我们再次集结，整装出发
为了新时代人民的美好生活
努力奋斗、创新拼搏

作者简介

王新荣（1973—），笔名欣欣向荣，河北唐山人，当代诗人，现就职于中国金融工会，中国文联第十一届全国委员会委员，中国金融文联副主席，《中国金融工运》杂志编辑部主任，《中国金融文学》杂志编委会副主任。多篇作品刊发在《中华辞赋》《工人日报》《中国金融文化》等，出版融媒体诗集《点燃》。

作品简介

《致敬金融劳模》是为赞颂来自金融系统最基层的劳动模范和扶贫干部而写，用写实、细致的话语描写了他们日常的工作，赞美了他们不畏艰苦的奋斗精神。

老骥伏枥

王玉明

98

多么想归隐山林，
向往着野鹤闲云，
陶醉于峰顶的清晨，
忘情于海滨的黄昏。

但我心中充满矛盾，
依然眷恋着肩上的责任，
仍会被冲锋的号角振奋，
甚至还有年轻人“冲浪”的雄心！
也许是战士的“基因”，
决定了老骥伏枥的命运？

作者简介

王玉明（1941—），字韫辉，吉林省梨树县人，中国工程院院士，清华大学机械工程系教授，智能绿色车辆与交通全国重点实验室学术委员会主任，享受国务院政府特殊津贴。中华诗词学会顾问、高校诗词工作委员会主任，中国工程院院士书画社理事，清华大学工会荷塘诗社社长。曾获国家技术发明奖、国家科技进步奖、省部级科技奖、中国机械工程学会科技成就奖和光华工程科技奖等奖项，“全国机械工业优秀企业家”等荣誉称号。出版诗集有《王玉明诗选》《荷塘新月——王玉明诗词选集》《心如秋水水如天——王玉明诗词百首》《水木清华眷念——王玉明诗词选》。

作品简介

该诗于2005年春节期间创作，表达了作者“老骥伏枥，志在千里，烈士暮年，壮心不已”的情怀。

高温气冷堆示范电站并网发电

王革华

99

黄海连天，
冬阳暖，风平浪息。
石岛湾，
引吭高唱，尽情呼吸。
铀子闻声分裂紧，
电流得令奔腾急。
看今日，谁与论核能，
巍然立。

科学路，途多棘；
家国志，心如一。
为平安永筑，
勇攀云壁。
三十严霜磨一剑，
几千黑发成追忆。
举金樽，登岳望遥空，
听长笛。

作者简介

王革华（1961—），研究员，曾任清华大学核能与新能源技术研究院副院长，于2008年创建清华大学核能与新能源技术研究院虎峪清风社，现为名誉社长。从事能源环境经济与系统分析研究及教学工作。出版专业著作《能源与可持续发展》《新能源概论》以及诗文集《半瓶集》《无所集》等。

作品简介

《高温气冷堆示范电站并网发电》创作于2021年，时值清华大学核能与新能源技术研究院承担的国家科技重大专项山东荣成高温气冷堆示范电站成功实现并网发电之际。面对这一国际领先的重大成就，作者热烈地表达了激动的心情，并向几十年风霜雪雨中走过的清华核能人致以深深的敬意。

新时代海港劳动者

刘文卿

100

机械维修工
爬上高高的门机凌空而作
头顶炎炎的烈日精雕细琢
“机”不可失
是可爱的设备守护者不变承诺

机械司机
部部超震撼的机械科幻大片
合着浪潮奔腾
是他们用精湛技艺
在海天铺展的画布上描绘辉煌

一线管理者
汽笛声声、机器轰鸣
还有嘀嗒嘀嗒计算机键盘敲打
是在他们的指挥下
交织成一曲雄壮美妙的交响乐

梯口守门人
用责任筑起一道坚固的“防疫墙”
用心用情驻守水路国门第一关
是港区平安的“逆行者”“守护者”
船舶系缆工
曲着身子，浃着汗水
是他们用粗壮的缆绳
将世界串联
将客户的信任与期盼牢牢维系。

作者简介

刘文卿（1984—），江苏泰州人，当代诗人。曾先后在上海洋山港码头从事集卡调度员、场业控制员、船舶控制员、船舶监察员等一线生产岗位。现任上港集团物流有限公司党群工作部党群主管。

作品简介

《新时代海港劳动者》以海港劳动者的不同岗位为切口，以码头一线活动场景为命题，通过维修工抢修机械的“执着坚守”、防疫岗铸就“海上防线”、系缆工“汗浸缆绳系千钧”的躬身、守门人“三查七对”的严谨等意象，表现其在港口枢纽中坚守匠心、于大国大港逐浪高的精神力量，镌刻下工人伟大、劳动光荣的航迹。

海员之歌

代颖

101

一声鸣笛
你们告别陆地　扬帆起航
脚踏巨轮　头顶蓝天
你们的胸襟
像大海一样宽广
与海鸥共舞　和浪花相伴
黝黑的脸庞
映着征程漫漫　岁月绵长

日出既白
你们远眺海洋　与鱼群竞速
夜幕降临
你们仰望星河　任思念流淌
航行中
你们劈波斩浪　斗志昂扬
祖国的召唤
指引着内心的航向

肩挑的是强国使命
深藏的是亲人嘱托
青春与热血
在无边的海洋中激荡
你们用坚毅和果敢照亮征途
凯旋的号角是最好的褒奖

看，一轮朝阳跳出海平面
火红的太阳犹如你心中的滚烫
你们说：“我是一名海员，
这是我无上的荣光！”

作者简介

代颖（1985—），河北人，当代诗人，现就职于上海振华海洋工程服务有限公司。

作品简介

作者长期在船运企业从事船员管理工作，《海员之歌》以海员们凭勇气和专业技能征服大海、迎接挑战、在波涛汹涌的大海上坚守岗位，确保船舶的安全航行和货物的顺利运输的故事为创作背景，表达了对海员勇敢奋发精神的深情崇敬。

白 鹤 逐 梦

吕宏成

102

白鹤逐梦起，宏坝慰秋晨

——题记

一条河流完成多少使命
才能告慰高原的第一滴融雪
它裹挟泥沙　在峡谷中怒吼的样子
多像志满的将军　冲向未知的战场
让它温顺的　不是高峡寒壁
这万仞帷屏　已习惯于
细数它磨石成沙的功夫

白鹤贤居的地方
蔚蓝的种子正在萌芽
群山深处　正舒展开设备的宫殿
基岩之上
混凝土已衔接起万年的沧悠
山间翻涌的风　紧奏着劳动的号子

停在山巅的云
等待一场盛大的剪彩
世界水电的族谱里
一个诗意的名字正在显现

作为三峡人的信使
白鹤们将饱食光阴
接受千年之后的盛赞
唯有金沙升蓝蔚给我们慰藉
唯有白鹤逐梦圆是永恒的源泉

作者简介

吕宏成（1984—），甘肃泾川人，曾参与三峡工程运行管理，在《诗刊》等核心期刊发表作品，著有个人诗歌专辑《笔底沉香》。

作品简介

《白鹤逐梦》创作于白鹤滩电站建设高峰，当时的白鹤滩工地廊道深幽、建设火热，本诗以人与自然的关系为切入点，以改造自然、造福人类的大国重器为抒情对象，将白鹤滩工程建设诗化为“白鹤逐梦”的过程，以此赋予对所有参研参建的建设者劳动的礼赞。

中 国 核 电

赵宏娟

103 当五月的原野盛开着美丽的鲜花
晨曦的光穿透云雾照亮了朝霞
一个响亮的名字在人民大会堂响起
他就是——国家核电

当历史的车轮途经 2007
当大力发展核电产业纳入国家战略规划
祖国把引进三代核电技术的重任赋予一个企业
他就是——国家核电

祖国选择了我们
我们就有担当给祖国一个满意的回答
历史选择了我们
我们就有责任抒写最完美的图画
CAP1700 概念设计完成
CAP1000、CAP1400 完成研发
COSINE 软件展示着中国在核设计软件研发领域的突破

设备国产化彰显我国高端制造业的日益强大

国家核电与中电投深度融合
催开了梦想之路上美丽的繁花
国家电投人继续夜以继日的辛勤工作
是我们热爱祖国的完美表达
夸父追日的浪漫引领着历史
愚公移山的精神书写着中国神话
国和一号国和家和人亦和
和美中国和美天下
示范工程成功商运
核电新厂址有序开发
每一年每一天我们书写奋斗
每一笔每一划我们把蓝图描画
昔日初出校门的青年如今已独当一面
昔日的中年才俊如今已鬓染霜花
不变的是协同协调协作的努力
永恒的是创新创造创业的精神
中国梦核电梦我们的梦
让我们以心血浇筑以智慧引领
脚踏实地突破提升
不负祖国不负人民
共同创造祖国能源事业的恢宏

作者简介

赵宏娟，笔名一米阳光，当代诗人，就职于国家电投集团总部基础产业部、质量技术处，中国诗歌学会会员，中国电力作家协会会员。

作品简介

《中国核电》来自作者在国家核电常年的工作经历，她多次深入工程现场目睹了核电研发与建设者不负祖国重托的努力与拼搏，也深深为作为一名能源行业从业者自豪。她用这首诗向优秀的前辈和同行们致敬，同时也祝福祖国繁荣昌盛。

光明守护者

雷思谋

104

于曙光未现的幽邃中，你悄然启程
踏着星辰的微光，步入电力编织的梦境
你的身影，在铁塔与银线的交响中穿梭
宛如古老诗篇中穿越的英雄，用初心唤醒沉睡的黎明
你的指尖，轻轻地掠过冰冷的银线
仿佛拨动了天地间最细腻、最温柔的琴弦
银线在你手中灵动跳跃，编织成梦幻的诗篇
在静寂的天空中，流淌出光的旋律
你奋力砸下的铁锤，锻打出光的斑斓
汗水滴落，浇不灭燃烧的热情之火
疾风交加，吹不散心中的梦想之光
你如勇士般屹立，让光明在风雨中更加闪耀
夜深人静，当城市进入梦乡
你仍在守护光明
你的身影，在月光下拉长
如同那无尽的电线，延伸向梦想的远方
岁月如梭，你的容颜或已斑驳

但那份对光的热爱与执着，却如星辰般璀璨
你是光的织梦者，用勤劳编织着梦想的诗篇
我想用画笔还原你湿透的衣衫，凝神聚力的眼
我想带着满腔的热忱
用嘶哑的嗓音唱响劳模光荣、劳动伟大的交响
我想带着燃烧的激情
饱蘸心中的热血写下壮美的诗篇
用诗行催生出强大的磁场，聚合新的能量
我想为你献上最美的颂歌与真挚的敬意
歌颂你的伟大与平凡、诗意与远方，还有坚韧与梦想
追梦的你啊，似那永恒的星光与不灭的火焰
在光明的征途上，领航未来的方向
你的故事，如同璀璨星辰
在历史的长河中熠熠生辉
激励着人们追寻光明的足迹
在电力与梦想的交织中，共同谱写更加辉煌的篇章
你是光明的守护者
你的名字或许不为人知
但你散发的光芒，却照亮了苍穹
你是新时代的英雄
在光明的道路上，满怀笃定的信念走向岁月的辽阔。

作者简介

雷思谋（1971—），当代诗人，高级政工师。文学作品《三代电力人的故事》荣获全国第四届“书香三八”读书活动优秀征文奖，文学作品《师傅》荣获中国大唐集团公司“弘扬大唐精神，建设国际一流能源集团”职工文艺作品二等奖、入选陕西电力职工文学作品集《光明音符》。

作品简介

《光明守护者》的创作来源于作者对于电力工人无私奉献精神的深切敬意。电力工人常年奋战在艰苦的环境中，无论是酷暑还是寒冬，他们都坚守岗位，确保电力供应的稳定与安全。他们的工作不仅关乎千家万户的光明，更是现代社会正常运转的重要保障。作者希望通过这首诗唤起社会对这一群体的关注与尊重，让更多人了解他们背后的艰辛与付出。

哈浅 22 石油井

马 行

105

想调离的，就让他调离吧
应该留下的，自会把哈浅 22 石油井当作永远的家

这么多年，井中褐黑的石油流淌
井口四周，东西南北方圆八九十里
全是彩色的石头

金丝玉，玛瑙，彩泥石
就像诸多生命场中的我们
都是内含孤寂与梦想的彩色小石头
有名无名的孤单小石头

你看哈浅 22 石油井的那位女工
她真是幸福，她无论坐着站着，还是一个人独自走着
所有彩石
都在为她闪闪发光

作者简介

马行（1969—），山东人，参加第17届青春诗会，中国作家协会全国委员会委员，中国石化作家协会副主席。著有诗集《无人区》《地球的工号》等。

作品简介

哈浅22石油井是一个石油井站，位于新疆塔城和布克赛尔县南部阿拉德哈浅戈壁滩上，这个井站也被挂牌为“戈壁诗歌小站”。《哈浅22石油井》来源于马行曾多次深入新疆塔城哈浅22石油井站的经历，他在该井站与工人同吃、同住、同劳动。诗中通过对石油井和工人的描写，展现了石油工人的坚守与奉献，以及他们对生活的热爱与执着。

民营企业的感恩

姜桂廷

106 我不想说　我的梦有多大
大到泥墙上画虎　梁倒屋塌
我只想做一脉坚定沉默的常青藤
沿着时光的台阶向阳开花
或者　活成一棵挺拔的枣树
年年垂挂甜蜜　却把自己磨砺成疙瘩

我不想说　我的心有多大
大到眼花缭乱　却把“家”渐渐淡化
我只想在生活的路上撑起一把伞
让疲惫赶路的人把心安下

也许某年某月的某一天
我们会组成一个家
品牌是合和的外化
我不想说　我的本事有多大
没有河床　再长的河流也是瞬间浪花

我只想用双手托起劳动和智慧应有的价值
这是我们青春的奋斗　一生的追求　理想的抵达
不过　当财富一次次把我们这个职业神化
有一个问题我就总绕不过去呀！
你或我　先利己还是先利他？
我只是一个普通的企业经营者
不会说假话大话
我从事固液分离行业的装备更需要心灵的净化
如果没有阳光　常青藤只会枝枯叶败
如果没有风雨
打开的伞只是粉饰的画
我的回答不一定代表大家

却是掏心窝子的话
这就是　利大家　更利我们的国家

景津装备　能有今天　靠的就是大家
在利益共赢的背后
付出了你们多少的牵挂
这份缘　这份情
我们会永远报答
一路走来的老朋友啊！
难免磕磕绊绊有点摩擦
只要是为了一个共同的目标

那都不在话下
你强我强
都是为了我们一个更强大的国家
朋友　无论你梦多大
心多大　本事有多大
如果没有　复兴伟业　把未来擘画
本事再大　又如何避免不被后浪淘汰
成为潮头之上的耀眼浪花

36年前
我们白手起家　报国利家
今天　我们感恩新时代
我们再创佳绩　再攀高峰　再出发

作者简介

姜桂廷（1958—），河北景县人，景津装备股份有限公司董事长，全国劳动模范，全国五一劳动奖章获得者，享受国务院政府特殊津贴专家。姜桂廷带领景津装备从白手起家到成为全球最大的过滤机制造企业，连续20年保持行业世界第一。他始终感恩时代，致力以创新推动企业发展与社会责任的融合。

作品简介

《民营企业的感恩》是作者作为民营企业家在改革开放浪潮中拼搏奋进的真实写照。他带领景津装备从白手起家，从创新为企业灵魂发展理念到成为行业龙头，见证了中国民营经济的崛起与辉煌。诗中，他以质朴而真挚的文字，表达了对祖国的感恩与对未来的期许，将个人与企业的奋斗融入国家发展的宏大叙事中。他感恩时代的馈赠，铭记“中国梦、劳动美”的精神指引，强调“利大家、利国家”的理念，展现了民营企业家的责任与担当。这首诗不仅是对景津装备发展历程的回顾，更是对伟大时代、对奋斗精神的深情礼赞，体现了企业家在新时代的家国情怀与抱负。

万吨压机上梁之日

严建文

107

只有钢铁的碰触声我才感到温暖
那铿锵有力的，融化这个冬季
只有劳动后的微笑，才能
安慰我的疲惫。这微笑是节日的花朵
我要把它们送给每一个人

他们的笑脸如此珍贵，由万吨钢材铸成
里面有一万吨智慧和汗水
我要送给爱我的人，恨我的……
此生，我还有许多要送的人
他们收到这花朵，就是收到整个春季

作者简介

严建文（1967—），安徽郎溪人，回族，当代诗人，合肥合锻智能制造股份有限公司董事长、享受国务院政府特殊津贴专家。作为一位长期扎根工业领域的企业家，其作品多聚焦于工业与劳动，曾发表于《诗刊》《诗歌月刊》《星星》等刊物，著有诗集《旅行者》《风中的行者》。

作品简介

《万吨压机上梁之日》来源于作者对于工业劳动的深刻理解和亲身经历，通过描述劳动者们在万吨压机上梁时的喜悦，表达了对劳动者的敬意和对工业成就的自豪。

汽车工业的荣光（组诗）

姜维青

108　给共和国安上车轮

旧中国就是万国汽车展览馆
造汽车就是一个缥缈的梦
是伟大领袖毛主席给共和国安上车轮
把沉睡的大地摇醒
1953 年，毛主席欣然命笔，为一汽题词
第一汽车制造厂奠基纪念
十一个大字犹如鲜红的太阳
照亮了中国汽车工业的前程
四面八方的建设者，为了神圣的使命而来
为了祖国的富强而来
用三年的心血生产出自己的解放牌汽车
让一个光着膀子拉纤的民族
开始在轮子上飞升
解放牌汽车载着绿色的风

天南地北传喜讯
把绿洲送给沙漠
把富饶送给荒原

1958 年，毛主席在中南海
坐了一汽生产的东风牌小轿车
他老人家欣喜万分
说终于坐上中国人自己生产的小轿车了
领袖的赞扬是对一汽人最高的奖赏
自此，一汽人又生产出红旗轿车
成为国人的骄傲
外国领导人来中国访问
有三个愿望
进中南海，见毛主席，坐红旗车
这是一汽人的荣光
是中国汽车工业的荣光

换型、合资插上双翼

改革开放的春风吹拂着大地
一汽人奋勇拼搏从未停止过进取
从 20 世纪八十年代
一汽人开始换型

解放牌三十年一贯制的帽子必须摘掉
在前进的路上敢于披荆斩棘
大年初六，两万人冒着鹅毛大雪
在一号门广场上庄严誓师
那情景，那气势，感天动地
为了换型，有的人失去了亲生儿子
有的人献出了自己的生命
披星戴月，披肝沥胆
一汽人用心血浇灌着鲜花
崭新的 141 新车终于横空出世

自主发展，开放合作
一汽人把目标瞄准国际
1991 年，一汽与德国大众开始合作
一汽 - 大众，在一汽这块土地上崛起
自此，捷达、宝来、迈腾、奥迪
这些响亮的名字如璀璨的繁星
闪耀在共和国的天宇
2000 年 6 月，一汽又与丰田公司联手
成立一汽丰田公司
卡罗拉、柯斯达、皇冠、威驰
威风凛凛驰行在中国大地
换型，合资，为一汽插上双翼
中国的汽车工业如雨后灿烂的虹霓

红旗，让理想飞扬

一汽有一种车叫红旗
中国有一种车叫红旗
她能像红旗一样飘扬
她能像红旗一样艳丽
她的美，无与伦比
每一位汽车人都为她扬眉吐气

想当年，一汽人仅仅用了 33 天
就为共和国造出了第一辆红旗
紧接着，一代人一代人
锦上添花
使我们的红旗无比壮丽
一代代领路人继往开来
不忘初心，矢志不渝
带领一汽人把红旗的品牌擦亮，再擦亮
让红旗的名片震惊寰宇
如今，她有几十种车型
像虞美人，像紫丁香，像芍药，像茉莉
不仅香飘四季，而且香飘万里
全世界都知道一汽有一种车叫红旗

她让中国的汽车工业成为天之骄子
她让理想飞扬，让春风吐绿
让我们亲爱的祖国到处是勃勃生机

作者简介

姜维青（1953—），当代诗人，《第一汽车集团报》原副总编，吉林省新诗学会副会长、长春市作家协会顾问、长春市新诗学会会长，全国企业先进文艺工作者。从事诗歌创作50年，发表诗作逾千首。曾在《诗刊》发表过组诗，在《人民日报》大地副刊发表过头条诗。出版文学类书籍21种，获全国及地方各类文学奖70余次。

作品简介

这一组诗是在中国汽车工业蓬勃发展的重要时刻，作者献出的一曲颂歌！中国的汽车工业从无到有到今日的辉煌，是一代代汽车人呕心沥血、披肝沥胆取得的硕果。解放驰骋大江南北，红旗飘展万里山河，中国的汽车工业前程似锦！

因为有你

方建国

109

生活，
因为有你而美好。
生命，
因为奋斗而闪亮，
心有网络强国的梦想，
当有超越自我的力量。

是你，
让移动通信网络更新换代，
在信息高速公路上，
让梦想照进现实。
是你，
服务十亿客户，
即使是悬崖村，
也能做到信号全覆盖。
卓越品质，
没有意外。

是你，
逆水前行。
扛着沉重的通信设备，
和天上的无人机一起，
在滚滚的洪流中为灾区带来希望。
是你，
勇敢无畏，
在雪域高原上，
及时恢复震后的通信。
让灾区群众的信心，
与格桑花一同绽放。
虽然看不清你被雨水或灰尘遮住的脸，
但你的站位我们看得见。

是你，
为了完成国家重大通信保障，
不舍昼夜顽强拼搏。
从“两会”到“一带一路”高峰论坛，
从冬奥会到亚运会，
鲜艳的国旗，
映红了你坚毅的模样。

因为有你，

一切都在向好而变。
从客户为本到心级服务，
从草根创新到新质生产力，
你追求卓越，
勇挑重担。
从平凡的坚守到 5G+ 领先，
从数字经济到智慧中国，
你逆光前行，
从未缺席任何一项技术攻关。
感谢那个春天和你温暖的遇见。

寻梦，
江山壮阔。
追光，
在春风中跋涉。
从人工智能到低空经济，
从九天大模型到 Deep Seek 的全面接入，
你的心中总有一团火。
路无尽头，
心有归处。
前行，
你一直在鼓舞着我。

你是朝阳，

落在春天耕耘着希望。
你是榜样，
支撑美好时代的栋梁。
心中有爱，
眼里有光。
你自信的微笑，
绽放在梦开始的地方！

作者简介

方建国（1970—），北京人，当代诗人，现任中国移动北京公司高级专家，教授级高级政工师，中华诗词学会会员。曾任中国移动北京公司党群工作部部长、党委宣传部部长。出版有《文化力——企业卓越的基因密码》《青春的格言》等作品。

作品简介

《因为有你》来源于作者三十多年来的工作经历，他亲历了整个移动通信发展的全过程，对每个阶段的建设成就都深有感触，特别是在这个伟大的新时代，移动通信高速发展，成为强国建设和民族复兴伟业的先导性和基础性行业。这首诗以移动通信的发展历程和主要事件为纲，对于其中建设者们的付出和贡献进行了讴歌和弘扬。

使命苍穹（组诗）

使　　命

蒋　珊

110

如果你要写使命，就不能只写使命
要写钢钎凿开岩层的晨光，写铁锤夯土的震颤回响
写一群热血青年在山坳里支起第一根天线
用搪瓷缸舀起清泉煮沸理想

如果你要写使命，就不能只写使命
要写火车站人来人往的繁忙，行李箱堆积成巍峨的城墙
婴儿的啼哭与机床的轰鸣在车厢里回响
远方炊烟升腾起新的希望

如果你要写使命，就不能只写使命
要写新时代青年的步履匆忙，星空顶下见证梦想生长
安静的实验室里电磁波静静蜿蜒流淌
边防的国旗矗立在风中肆意飞扬

当卫星在浩渺太空慢慢舒展双翼
导弹沉默着劈开烈风锁定方向
当雷达车在大漠落日下染上红装
战斗机的尾焰与浮空器的悠闲相映成章

在这些磅礴景观背后
是一幅幅更令人难忘的劳动画像
焊花溅落出银河
数据编织成天网
油毡帽下藏匿着风沙刻度
防护罩后凝结着月华清霜

见证了这一切的眼睛能写出最美的诗行

六十年征途漫漫，回首间尽是薪火相传的歌谣
布满裂纹的老泥碗不再鲜亮，却盛得下整个国防的重量
西疆的黄沙暑气弥漫，南海的晚风又吹来清凉
天涯海角间你我牵挂思量
携手将那山坳里的精神发扬传唱
续写下又一个甲子华章

作者简介

蒋珊（1999—），安徽宣城人，就职于中国电子科技集团公司第三十八研究所。

作品简介

《使命》创作于中国电子科技集团公司第三十八研究所建所60周年之际，作者以细腻精巧的笔触，通过一个个典型的意象勾勒出研究所自“三线建设”以来三次创业的发展历程，展现了一个军工老所在几番时代浪潮中致力于大国重器的辉煌成就。作品以丰沛的情感描绘和歌颂了为国防建设奉献青春力量的军工人，表达了新时代第三十八研究所人对于伟大国防事业的崇高敬意，展现了矢志不渝继承前辈理想、坚守强国使命的高昂斗志和澎湃激情。

天空有着守门人

盛亦佳

天空有着守门人，调和四时八风。
拱卫着父亲的稻与麦、粟和黍，
四极的星辰，烛龙的双眼，
花与雪，云和风，
直到大椿枯荣又几度春秋。
山已倾，天也漏，神州沉陆。
远去的神祇是庙中的泥塑，
铁雨烧穿了庄子的长梦。
弹坑是守门人不瞑的双眼，
野马尘埃相携徘徊。
父亲低下头，用什么守护这
偌大的国土和空旷的天空。

天空的守门人只能隐匿，
隐匿在山与川的罅隙，
颤抖着种下六十亿斤小米，
把忠诚奉献作地标，指引守卫蓝天的使命。

咬着牙，握着拳，
指缝的鲜血灌溉出铁鸟归栖的丛林。
我在一个夜里走进父亲的背影。
铁鸟衔着天空的钥匙落在我手里。
要如何承袭，如何延续？
用信仰把意志淬炼成规和尺，
用理想把决心磨砺成锉和钳，
从图纸里雕琢出守卫蓝天的雄鹰。
从模线走向模型，从测绘迈向创新，
把青春锻造成最坚硬的梁和肋，
支撑起健壮的羽翼，横绝北冥与南海，
用热血传导起最迅疾的光与电，
生长出敏锐的双眼，直面暴风和雷霆。
用心跳引燃沉睡在型架旁、机床上、热压罐里、停机坪前的梦，
梦醒成高山巅、大河畔、烈日下、远洋上振翅的战鹰。

天空有着守门人，守望这方热土。
铝合金铸就脊梁，碳纤维织成翅膀，航油点亮心脏，
鲲鹏和应龙走出了神话的图谱。
庄子合上了《逍遥游》与《山海经》。
去吧，天地广阔，这个时代，由我们主笔！

作者简介

盛亦佳（1997—），陕西安康人，现任中航西安飞机工业集团股份有限公司工艺员。作品发表于《中国航空报》《西飞集团报》等刊物。

作品简介

渺远的神话承载了我们对天空美好的向往，当我们现在再抬起头，会发现秉承报国志向的新时代航空人，已经在天空的无尽长卷上用血肉的双手塑造出铁翼的神兽。《天空有着守门人》表达了新时代航空人用青春的智慧与实干书写着新时代《山海经》的理想和愿望。

绽放在星河间的玫瑰

薛红琳

111

在宇宙的浩瀚蓝图里，
有一群特殊的追光者，
她们似玫瑰绽放于星辰之间，
以坚韧与温柔，为航天梦镌刻着独特诗篇。

儿时，她们凝望夜空，
繁星闪烁，编织奇幻的梦乐园。
那遥远的星辰，神秘的银河，
在心底种下探索的种子。

当岁月流转，这份渴望未曾消弭，
反而如破土的新芽，向着苍穹疯长。
从最初的向往，到踏上逐梦的征程，
她们用坚定的信念，踏出了一条通往星辰的道路。

在清冷的试验场地，她们的身影忙碌而专注，
数据与图纸是她们的伙伴，

一次次的计算，一次次的模拟，
为的是那精准无误的发射。

当火箭矗立在发射塔架，
在阳光下闪耀着金属的光芒。
她们眼中满是期待与自豪，
那是与宇宙对话的桥梁，是梦想启航的地方。

倒计时的声音在空气中回荡，
紧张与激动交织在心间，
但她们的眼神始终坚定，
见证着那划破长空的壮丽瞬间。

她们的奉献，如夜空中的繁星，
照亮了探索求取的漫漫征途。
为了航天事业，
她们舍弃了许多平凡生活中的温暖与安逸。

但她们从不后悔，
因为“发展航天事业，建设航天强国”是一份更伟大的使命，
是为了祖国的崛起和强大，
是为了突破千百年来人类对宇宙的无尽遐想。

在科学的星河里，她们是璀璨的星辰，

在人类探索的征程中，她们是无畏的先锋。
未来的路，或许依旧充满挑战，
但她们的精神，将指引我们向着星辰大海，不断进发。

宇宙间的玫瑰，你们信念如磐，
以无畏之姿，踏破苍穹的迷蒙。
未来征途，你们引领探索之风，
让中国航天的旗帜，在宇宙之巅猎猎舞动！

作者简介

薛红琳（1990—），黑龙江人，就职于中国航天科工二院。

作品简介

《绽放在星河间的玫瑰》创作于2025年“三八”国际妇女节前夕，作者从一线设计师的视角，描绘了新一代航天女设计师们孜孜不倦、执着追求、逐梦航天的事迹，赞颂了她们敢于探索、甘于奉献，巾帼不让须眉的精神与建设航天强国的理想与决心。

格力征途

谢 君

112

那晚七时许
我拖着疲惫身躯走进屋里
看饭菜整齐摆放
满屋飘香
大孙女一声甜甜的爷爷
顿时把幸福拉长
稚嫩的嘴里念着绿色厂卡号
100000560
让我脑海里燃起岁月的印记

记忆之门被开启
连同陪我奋进的沧桑历程
十九岁那年入职
场景依旧清晰
那时的自己执着狂热
不甘后进且炙热洋溢
疯狂地吸吮着社会乳汁

受益着公司人才的宠遇
从车间工人转岗管理岗位
是我的恩师
一群至今忠诚于格力制冷事业的干将
是我的同志
一串仍然坚守在格力研发岗位的姓名
我们患难共进
从海利到格力
从珍宝机到1赫兹
将制冷技术引领世界
他们常说：虽然我们已光荣退休了
但情怀依旧为格力牵系

岁月沧桑斗转星移
是谁经历了公司发展的艰辛？
那些第一批入职的生产工人你在哪？
谁仍然情寄格力？
你可曾记江苏太仓江南空调器厂吗？
那是海利空调器厂成长的襁褓
还有当年
那些我们一起甘洒热血的女孩
把爱和青春都奉献给了格力
如今你们都光荣退休了
我深深地把你们惦记
你们也是我甘做航钉的动力

感恩生命中的遇见
感恩格力成长了我的人生
余年我仍在拼搏中
格力航母明珠领航
在您三十华诞
我以热血倡记
我们将一如既往
为更高远的愿景共同缔造奇迹

作者简介

谢君（1968—），广东阳春人，珠海格力电器股份有限公司员工。他的创作写实而质朴，情感表达浓烈。他从一线职工的视角，从自己成长的历程结合格力电器的高速发展，展现出格力电器员工积极奋斗的热烈场景和火热的理想境界。

作品简介

《格力征途》创作于格力电器成立30周年之际，描绘了格力电器公司基层员工的成长故事——从海利空调器厂，再到如今世界的格力，在伟大的中国共产党的坚强领导下，一代又一代格力人手握接力棒、续写新辉煌。诗歌通过写实的视角，生动描绘了格力人“忠诚、友善、勤奋、进取”的企业精神和“格力掌握核心科技”的坚定信念。他们不忘初心——好空调格力造，体现了一线职工对从中国制造到中国智造，打造百年企业的决心！

新时代的仓廪

杨　东

113

时序的种子，破壳的力量近于决绝。
不卑不亢的新穗，自春水中茁壮。
夏天与秋天，大地绽放千万吨黄金与白银，
玉米、小麦、稻谷，乘着丰收的歌谣，
齐齐向一座座渴望的粮仓奔涌。

山水为邻、田野为伴、城市为伍，
春风里，在粮库区漫步，抬眼处：
一万吨浅圆仓，六千吨高大平房仓，
一千吨立筒仓，八千吨油罐……
鳞次栉比，仿若耸立大地的海市蜃楼。

是伟大的先民创造了不古的词汇，
演绎了藏粮于地最初的版本：
行道曰粮，止居曰食。方为仓，圆为廪——
规矩与圆融，契合了做人之本，为人之道。
方与圆，契合了中国智慧，华夏根脉。

以陶、木、泥、石、砖制仓的人们啊，
用热泪、骨血、时间、诗情，把自己
融入“夫积贮者，天下之大命也”的古老训诫。
如今，面对即将消失的遗址，适于回忆、思辨、
沉淀，适于教化那些淡忘了历史的人。

新时代，大地之上，别样的仓廪跃出蓝图——
一方坚实的地基，深根固柢，积基筑本。
一个沉稳的穹顶，献出静如磐石的棱角。
一个合适的宽度，构建方圆相济的城池。
一个高于大地的墙垛，保护黄金一样的波澜。

凝结科技的力量，阻挡时光的侵袭——
自动扦样，智能检测，“一卡通”出入库；
风道，气密，气调，氮气，低温内环流；
温度云图，智慧监管，大数据、人工智能……
在指手之间，呵护初生的婴儿。

透过仓廪，倾听稻谷与星光的私语，
玉米与月色的交谈，麦粒与朝霞的微信。
恰是现实映照——那些从黎明到夜晚，
“为国储粮、储粮报国”的忠诚守护者，
与时间共同献出一张张天使般的笑脸。

作者简介

杨东（1969—），当代诗人，从事粮食工作多年，现任中储粮集团公司党群工作部副部长。作品多次刊发于《诗刊》《十月》《当代·诗歌》等报刊，入选《中国当代诗库》《中国散文诗精选》《当代工人诗典》等多种年度散文诗、诗歌选本。出版诗集《时间手指》、散文诗集《风中密纹》《骨头与岩石》等。

作品简介

《新时代的仓廪》创作于中国储备粮管理集团有限公司成立25周年前夕。作品通过对粮食生产过程的深情抒写，对粮仓发展历程的回顾诠释，对与时俱进的新时代粮仓及科技创新的精微刻画，对粮仓守护者饱含深情的颂赞，展示了诗人对粮食工作的深厚情怀。

光明与温暖的传递者

赵　宁　李小凤　刘仁莉

114

异乡新年

除夕的钟声即将敲响
我们在岗位上迎接新年
机组的轰鸣声
是对节日氛围最美妙的渲染

两鬓飞霜的爹娘
盯着日历心心念念
为人子的你们
正在生产现场安全巡检

同甘共苦的爱人
日里夜里思念绵绵
为人夫的他们
正在集控中心屏前监盘

视频里才能时常看见的孩子
说回家时要给压岁钱
为人父的我们
有民生保障的责任在肩

兔年已经来了
虎年尚未走远
十堰热电的那些异乡人
正温暖着车城的这个冬天

夏夜检修

沿着帽檐 沿着脖颈
汗水 再次打湿他们的肩膀
以及天蓝色的衣裳

开始是沁出的汗珠
继而 倾泻式地滑落
头灯照着忙碌的几个人
用扳手一下一下将光亮剥开 放大

时间一秒一秒递进
夜色逐渐加深
带着盐碱的汗水洇湿了肩膀 后背
汗珠滴落下来
将夜又往深钉了一截

他们站起身
袖口在额头上抹了抹
我看到有光亮汇聚过来
夜色被次第推开

追　风

旷野、飞机、蔚蓝的天
从容穿过王平的风
粗犷、肆意、率真张扬
犹如流过岁月的河

荒山、热土、曾流的汗
荡漾青春明媚的笑
蜿蜒、悠长、招摇纯粹
宛若心中不灭的情

苍凉覆盖下的是煤海
也是梦的赓续
朔风劲吹下的是荒原
也可能是心的希望
风中的脚步更加坚定
蝶变的信念不惧寒冬
不信
你看正在追风的他们
依然在煤山高处
摇曳绽放

千年煤海焕发新生
现代文旅扬帆起航
没有历史就没有未来
这里是历史
也是现在
他们是过去
更是未来……

作者简介

赵宁（1974—），现就职于京能电力所属京能十堰热电有限公司，辽宁省作家协会会员。曾有小说、诗歌和散文等作品散见于《芙蓉》《文学界》《山东》《岁月》等文学期刊。

李小凤（1974—），现就职于京能清洁能源内蒙古分公司，中国民间文艺家协会会员、锡林郭勒盟作家协会会员、镶黄旗文联作家协会副主席。作品常在《内蒙古电力报》《锡林郭勒》《锡林郭勒日报》等报刊发表，散文《爱的接力》获北京市总工会“中国梦 劳动美”征文三等奖；诗歌《京能 我是你的运维员》获北京市工人文化节诗歌散文类三等奖；歌词《广安真好》获广安市歌词征集一等奖；在2019年、2021年镶黄旗征文比赛中获一等奖。

刘仁莉（1982—），现就职于北京乐多港发展有限公司，延边作家协会会员，大学期间曾在北京大众文艺出版社出版长篇小说《烟花如梦》，编著《中国文化知识读本·撒拉族》，毕业后参与编著《翰墨记忆》。

作品简介

本组诗选自京能集团生产一线职工们创作的劳动主题诗歌，三节诗分别来自赵宁、李小凤、刘仁莉，这些作品体现了能源生产与工业系统工作者不分寒暑节假，坚守岗位，为国家、社会和人民群众生产生活提供能源保障的担当，也流露出宽厚深情的历史使命感与家国情怀。

守望绿色（组诗）

护林员，大山的守望者

于　彤

115

在八万里画布上，大兴安岭宛若绿色的诗章，
岁月为墨，山峦作纸，绘就葱茏的梦想。
从第一粒种子入土，希望便开始生长，
萌芽的新绿，倔强地顶破岁月的沧桑。

晨曦微露，护林人已踏上那蜿蜒的山岗，
身影坚毅，步伐沉稳，如古老的山梁。
粗糙的双手，抚过每一棵幼苗的倔强，
那掌心的温度，暖了岁月的风霜。

听，松涛阵阵，是森林雄浑的合唱，
风过林梢，每一片叶子都在诉说过往。
寒来暑往，护林人的脚步丈量着坚守的分量，
他们以青春为种，播撒在这片深情的土壤。

斑驳的日光，洒在护林人质朴的脸庞，
那目光中的炽热，比盛夏的骄阳还烫。
林间的小溪潺潺流淌，倒映着蓝天和希望，
飞鸟穿梭，奏响生命的灵动交响。

他们穿梭在林莽，宛如山林的守望之狼，
孤独却刚强，守护着绿色的边疆。
那郁郁葱葱的大山啊，
是自然馈赠的瑰宝，闪耀着生态之光。

当暮色笼罩大地，万籁俱寂，
他们疲惫的身影仍在山林间。
以无畏的坚守，筑起绿色城墙，
只为守护这片，生机盎然的绿水青山。

四季轮回，大山变换着华美的衣裳，
春的繁花，夏的荫凉，秋的斑斓，冬的素装。
而不变的，是护林人对绿色永恒的信仰，
在时光中扎根，向着未来，蓬勃生长。

作者简介

于彤（1972—），当代诗人，大兴安岭作家协会会员。作品散见于《安徽文学》《北方诗刊》《大兴安岭日报》等报刊，多次获得中国林业网、黑龙江总工会等单位举办的诗歌、征文活动奖项，被十八站林业局工会评为“十佳文学艺术创作者”。

作品简介

这首诗歌展现出了作者对护林工作的敬畏和热爱，并对护林员们无私的奉献精神致以崇高的敬意，同时也表达了希望山林永远繁茂的美好愿望。

我站着，以一棵树的姿态守望绿色
——致敬大山深处默默无闻的护林员们

曹　钢

我在城市边缘的山巅站着
不为欣赏美景
却只身守护林海碧波
寒来暑往
松涛如歌
我在树的行列里站着，也以树的姿态点亮生命的底色

我在生态保护的前沿站着
远离了城市的现代生活
却背负了亲人的分别与不舍
资源管护
森林防火
我在树的行列里站着，早已把根扎进了群山的巍峨

我在孤独的望火楼站着
像士兵须臾不离阵地和哨所

无私的山神收纳着我丈量群山的脚窝
群山不语
日升日落
我在树的行列中站着，用永远挺立的枝干迎接狂风雨雪

我在新时代的林业建设大潮中站着
有时也难免寂寞失落
“护林员”的称谓让我懂得了牺牲与取舍
久久为功
以苦为乐
我在树的行列中站着，也具有了松柏那坚忍不拔的品格

我在祖国每一座需要守护的林区站着
我守望着大山
大山也守望着我
不忘初心
坚守执着
我在树的行列中站着，细心呵护几代务林人的生态成果

诗人说，树是大地上最美的风景
而我，愿以一棵树的姿态用一生守望绿色

作者简介

曹钢（1978—），山东淄博人，在淄博市原山林场多年从事森林防火、党建和宣传等工作，现为山东省自然资源作家协会全委会委员。有散文、诗歌、小说、生态时评等散见于《中国绿色时报》《中国自然资源报》《中国林业》等，作品曾获得全国“梁希新闻奖”二等奖、全国林草诗歌大赛优秀奖、山东省农林水工会庆祝建党100周年职工原创诗歌评比一等奖等，连续两届入选《中国绿色时报》“十大生态美文”。

作品简介

《我站着，以一棵树的姿态守望绿色》是作者自2001年投身林业工作24年间，在基层植绿、护绿、增绿的深刻感悟。像他们这样扎根大山的林草工作者、护林员数不胜数，他们远离亲人和城市，在艰苦环境中默默奉献。作者因深受触动创作此诗，以此致敬林草奉献者，唤起社会对森林资源保护工作的关注与重视。

他们在高空上写诗

姚　瑶

116

天空高远，群山辽阔
向远处延伸的输电线路
犹如出海的苍莽巨龙
在追逐五彩的云朵

最美的景色尽在眼底
骑在导线上检修的电工
仿佛踩在云朵之上
一条河流绕着连绵的群山
蜿蜒东去。雨过天晴
洗去电工一身汗
一道美丽的彩虹挂在眼前
骑在导线上的电工习惯了日常
并没有感觉到特别

阳光下的导线无限延伸
仿佛镀上了银

理想在他眼里被无限美化
骑在导线上检修的电工
在高空上写诗，无限放大诗意
那一刻，他成了追逐云朵的诗人

作者简介

姚瑶（1979—），原名姚友本，贵州天柱人，侗族，黔东南州作家协会主席，现就职于南方电网贵州电网公司凯里供电局。作品入选中宣部2023年主题出版重点出版物、国家出版基金2024年度主题出版项目，获第十三届全国少数民族文学创作骏马奖、首届中国电力文学奖、2022民族文学年度奖、第三届贵州尹珍诗歌奖、2023年度“中国好书”等，著有诗集《疼痛》《芦笙吹响的地方》《烛照苗乡》《守望人间最小的村庄》等多部作品。

作品简介

《他们在高空上写诗》是作者2016年从事新闻工作时，深入很多输电检修工作现场，为新时代国家电力工业建设创新发展取得的伟大成就和一线劳动者的奋斗精神所感动，以诗歌方式抒写电力在工业兴国过程中的责任和担当，弘扬新时代电力工人的奉献精神和时代风采。

117

聆听奋斗足音

刘　婧、严　锐、彭　婧、冯宏超

百年前，你在岭南的春风里醒来
穿越烽火连天的战场
带着民族复兴的红色理想
落在铁轨上
在镰刀与铁锤交织出的光明里生长

汗水浸透岁月的长夜
钢铁森林里，你似一盏明灯
为我们默默指引前进方向
号角与口笛声起伏在坚实胸膛
粉屑与汗滴汇成道道泥浆
盐粒在眉间结出白霜

声声嘹亮的号子间
你传递着党的温暖和民众期望
赋予我们万众一心的磅礴力量
冻土在体温下融化

汗水在高寒禁区凝结为冰
千万双布满老茧的手掌
用枕木串联起漠北南疆
建黎湛、修鹰厦、筑成昆、上青藏
编织出新中国立体路网

当和平鸽衔走军装上的橄榄绿
冲上湛蓝天空继续搏击风雨
红色基因仍在不朽军魂中根植流淌
你擎起民族复兴的火炬
在“咱们工人有力量”的旋律中
为我们坚定信仰
当誓言写在碧空深湾
承诺嵌入大国重器
百万雄兵冲锋号角仍然铿锵响亮
那被汗水浸透的工装
让“劳动创造幸福”的足音在大地回响
让“奋斗成就梦想”的信念在基层扎根
在时代标杆刻印无数光荣徽章

看！“梦想”下井“昆仑”列装“京华”出洞
千吨架桥机刺破云层
盾构蛟龙吞吐洪荒
你用心用情搭建的奋斗桥梁

让交通强国的根系向更深处生长

听！机声隆隆席卷千里麦浪
“钢铁驼队”在“一带一路”重塑篇章
从点燃创新火种到填补行业空白
从助力脱贫攻坚到逆行抢险一线
岗位练兵、劳动竞赛、技术革新……
你“一枝一叶总关情”的点滴暖意
越过溪涧、穿过旷野、掠过高原
为我们铺路子、搭台子、树旗子
点亮幸福之光

百年洪钟，震荡寰宇
你既是破冰前行的冲锋舟
也是稳定人心的压舱石
点亮信仰灯塔，践行初心使命
向着新征程、新任务、新理想
让我们以百倍信心
继续紧跟你的步伐
赢得更加伟大的胜利荣光

作者简介

该作品由“中国铁建职工e家”朗读汇团队骨干成员刘婧、严锐、彭婧、冯宏超等集体创作。该团队及所创办的《铁建朗读汇》栏目通过创作和推出职工原创诗歌及朗读作品，弘扬主旋律，讴歌新时代，为职工带来心灵慰藉，传递温暖和力量，不仅丰富了职工的文化生活，更成为凝聚企业力量的重要平台。

作品简介

《聆听奋斗足音》以劳动者创造幸福为切入点，生动展现了铁道兵从征战沙场到铺路四方建设国家的豪情壮志，传递新一代建设者弘扬铁路光荣传统，赓续铁路红色血脉，投身交通强国建设，为人民创造美好幸福生活的饱满情怀，表达了对建设者筑路四方，与祖国同呼吸、共命运、心连心，为实现中华民族伟大复兴的中国梦贡献力量的深情歌颂。

工运百年，再出发

康华平

118

安源煤矿在黎明前微微颤动
矿灯咬碎了 1905 年的黑夜
萍乡的秋收正穿过地层
铁锤与稻穗在暗河深处
编织出星辰的经纬
生命在史籍里刻下印痕

青春用指节叩响铁轨的琴键
铁锹在罢工潮中开出圣洁的花
革命的火焰在瞳孔里结晶成盐
民族觉醒的呐喊混响柴油机的轰鸣
那些来不及抽穗的年轻魂魄
以青铜姿态凝固在历史褶皱里

井冈山巅的风高扬苏维埃旗帜
联合公报的墨韵种下星星之火

长征路在杜鹃啼血处延伸
所有的江河都在倒流
回到瑞金沙洲坝最初的泉眼
青铜镰刀斧头的玫瑰绽放在时光之上

我们在基因螺旋里重走长征路
用碳基的笔尖续写青春与信仰的史诗
新时代的风掠过长江黄河
清澈的眼眸见证新纪元的蓬勃
时代列车的倩影已漫过银河
在新时代的云图上舒展成星座

我们终将在霞光里重逢
当五星红旗飘扬在天安门广场
光明和温暖漫过人民英雄纪念碑
永垂不朽的英魂护佑着中华民族的伟大复兴
那些未曾言说的誓言与爱恋
正在光影传说中称出星辰的重量

作者简介

康华平（1972—），四川宣汉人，当代诗人、作家、画家，就职于中国金融工会，中国诗歌学会会员，《中诗网》驻站诗人。已创作诗歌5000余首，被收录入《21世纪中国诗人大辞典》，荣获“新诗百年贡献奖暨中国诗歌万里行优秀诗人奖”、中诗网2022年度诗人、“首届国际双语诗歌奖·年度诗人奖”，出版《回归与出发》《性灵的祈祷》《山河在望》《泽被春天》等多部诗集。

作品简介

2025年庆祝中华全国总工会成立100周年之际，中国金融工会启动了“工运百年，金融职工走好新时代长征路”“服务国家战略，金融职工在行动”活动，作者带队到江西南昌、瑞金、安源等地，感悟苏区精神、长征精神等，深受启发和感动，强烈感悟到传承红色基因，赓续红色根脉，在中华民族伟大复兴的新征程中更有现实意义，这首《工运百年，再出发》因此应运而生，献礼中国工运事业百年光荣历程和为之奋斗不息的广大劳动者，致敬历史、共勉未来。

后　记

2025 年是镌刻历史印记的年份，在迎来这个意义特殊的“五一国际劳动节”之际，《我们的诗篇》《我们的歌声》这两部特别的文艺作品集即将正式出版。这是中国职工文化体育协会以习近平文化思想为引领，历时近两年精心组织编写、为庆祝中华全国总工会成立 100 周年的献礼之作。

这两部分别收录了百年来百余首经典的劳动者主题诗词和歌曲的作品集，以“我们的”为书名主题，既是百年来中国共产党领导下以工人阶级为主力军的广大劳动者最为深切豪迈的情怀流露，也是人民主体性、职工主人翁信念的集中体现。百年来，几代人阅读着、朗诵着这样的诗歌，欣赏着、传唱着这样的歌曲，并伴随着这样的诗篇和歌声成长、奋斗、工作和生活。为了国家从旧社会迈向新社会，为了创造幸福的生活，为了实现人生的价值，奋发投身各个领域的不凡事业，共同谱写着“中国梦・劳动美”的精彩华章。

百年来各个历史时期、各条战线，无论相关主题的诗词还是歌曲，都有大量的优秀作品涌现，这对于编写者进行作品收集、遴选，既是巨大的鼓舞，也存在取舍的难题，因此选录的作品，在体现经典性、人民性、时代性的基础上，兼顾尽量广泛的产业领域、劳动场景——从传统工业到新兴产业，从大国重器、国家工程到普通的工地、快递等，但限于篇幅，还有不少早期经典作品和当代的优秀作品未能一一收录，我们力争在今后深入进行相关主题作品编写出版和诵读等活动中作呈现。

作品编写和筹划过程中，得到了全国总工会有关领导同志及离退休老同志们、全国总工会宣传教育部等有关部门的高度重视与关心支持，得到了贺敬之、郭兰英等老一辈文艺工作者以及朱海、孟卫东、霍俊明等相关专家的亲切勉励与指导。作品收集过程中，得到了各相关全国产业工会、部分地方工会、骨干企业及社会各界人士大力支持，热情提供作品资源。中国工人出版社的领导和编辑同人给予了专业、严谨的编辑出版工作支持，协会诗词分会、音乐分会等分支机构作出了卓有成效的组织与协助工作，在此致以诚挚感谢和敬意。

因时间和水平所限，所收录的作品有存在不同版本的，暂以所能查考到的常见版本为准；同时还有部分已故作家未能及时联系到相关亲属或著作权管理人的，敬请与我们取得联系；所收录作品编写格式如有存在不规范处，也欢迎广大专业人士、读者批评指正。

历史车轮滚滚向前，社会发展日新月异，但劳动创造幸福的时代主题永远不会改变，劳动者的力量与信念将更加强大。面对新时代、新征程，希望《我们的诗篇》和《我们的歌声》承载起记录劳动历史、凝聚奋进力量、传承精神血脉的时代使命，既作为过去百年劳动者主题文艺作品的记录与回望，又能为新百年的文艺创作提供启迪与借鉴，既是对百年来党领导下工运史诗的文化赞歌，更是对未来的激扬畅想——在以中国式现代化推进民族复兴的征程中，以文艺为号角，弘扬劳动精神、彰显文化自信，让劳动者的身影永远挺立在时代潮头，让“劳动光荣”的旋律永远回荡在中华大地。

本书编写组

2025 年春

图书在版编目（CIP）数据

我们的诗篇 / 中国职工文化体育协会编. -- 北京：中国工人出版社，2025. 4. -- ISBN 978-7-5008-8716-4
Ⅰ. I227
中国国家版本馆CIP数据核字第20258JY369号

我们的诗篇

出 版 人 董 宽
责任编辑 丁洋洋
责任校对 张 彦
责任印制 黄 丽
出版发行 中国工人出版社
地　　址 北京市东城区鼓楼外大街45号 邮编：100120
网　　址 http：//www.wp-china.com
电　　话 （010）62005043（总编室）
（010）62005039（印制管理中心）
（010）62379038（社科文艺分社）
发行热线 （010）82029051 62383056
经　　销 各地书店
印　　刷 宝蕾元仁浩（天津）印刷有限公司
开　　本 710毫米×1000毫米 1/16
印　　张 27.5
字　　数 270千字
版　　次 2025年4月第1版 2025年6月第2次印刷
定　　价 128.00元